PAULO COELHO

Piedra Irmağı'nın Kıyısında Oturdum Ağladım

Na margem do rio Piedra eu sentei e chorei, Paulo Coelho

www.paulocoelhoblog.com

1. basım: 1997
41. basım: Ocak 2015, İstanbul
Bu kitabın 41. baskısı 2000 adet yapılmıştır.

Kapak tasarımı: Ayşe Çelem Design
Kapak resmi: iStockphoto.com / Bernd Klumpp

Kapak baskı: Azra Matbaası
Litros Yolu 2. Matbaacılar Sitesi D Blok 3. Kat No: 3-2
Topkapı-Zeytinburnu, İstanbul
Sertifika No: 27857

İç baskı ve cilt: Ayhan Matbaası
Mahmutbey Mah. Devekaldırımı Cad. Gelincik Sokak No: 6 Kat: 3 Güven İş Merkezi, Bağcılar, İstanbul
Sertifika No: 22749

ISBN 978-975-510-097-5

CAN SANAT YAYINLARI
YAPIM VE DAĞITIM TİCARET VE SANAYİ LTD. ŞTİ.
Hayriye Caddesi No: 2, 34430 Galatasaray, İstanbul
Telefon: (0212) 252 56 75 / 252 59 88 / 252 59 89 Faks: (0212) 252 72 33
www.canyayinlari.com
yayinevi@canyayinlari.com
Sertifika No: 10758

PAULO COELHO

Piedra Irmağı'nın Kıyısında Oturdum Ağladım

ROMAN

Çeviri
Aykut Derman

CAN

PAULO COELHO, 1947'de Brezilya'nın Rio de Janeiro kentinde doğdu. Kendini tümüyle edebiyata vermeden önce tiyatro yönetmenliği, oyunculuk, şarkı sözü yazarlığı ve gazetecilik yaptı. 1986'da yayımlanan *Hac* adlı ilk romanının ardından gelen *Simyacı* ile dünya çapında üne erişti. *Simyacı*, XX. yüzyılın en önemli yayıncılık olaylarından biri oldu ve 18 ülkede 30 milyon sattı. Coelho, *Brida* (1990) *Piedra Irmağı'nın Kıyısında Oturdum Ağladım* (1994), *Beşinci Dağ* (1996), *Işığın Savaşçısının Elkitabı* (1997), *Veronika Ölmek İstiyor* (1998), *Şeytan ve Genç Kadın* (2000), *On Bir Dakika* (2003), *Zâhir* (2005), *Portobello Cadısı* (2006), *Kazanan Yalnızdır* (2008), *Elif* (2010) ve *Akra'da Bulunan Elyazması* (2012) gibi yapıtlarıyla sürekli olarak çoksatar listelerinde yer aldı. 150 ülkede, 66 dilde yayımlanan kitaplarının toplam satışı 100 milyonu geçti. Bugüne kadar pek çok ödül ve nişana değer görülen Coelho, Birleşmiş Milletler Barış Elçisi ve Brezilya Edebiyat Akademisi üyesidir.

Paulo Coelho'nun Can Yayınları'ndaki diğer kitapları:

Simyacı, 1996
Beşinci Dağ, 1998
Veronika Ölmek İstiyor, 2000
Şeytan ve Genç Kadın, 2001
Işığın Savaşçısının Elkitabı, 2003
On Bir Dakika, 2004
Zâhir, 2005
Hac, 2006
Portobello Cadısı, 2008
Kazanan Yalnızdır, 2009
Brida, 2010
Elif, 2011
Akra'da Bulunan Elyazması, 2012
Aldatmak, 2014

Sevgide birleşmeleriyle
Tanrı'nın kadın yüzünü görmemi
sağladıkları için I.C. ve S.B. için;
ilk saatin eşlikçisi, sevgisi ve heyecanıyla
çevresini coşturan Monica Antunes için;
Paulo Rocco'ya, birlikte sürdürdüğümüz
savaşımların sevinci, karşılıklı tartışmalarımızın
saygınlığı için;
Matthew Lora'a, *Yi Jing*'in bilgelik dolu,
"Direnmek gerekir," diyen
o satırını unutmadığı için.

"Ve hikmet bütün kendi oğulları tarafından
tasdik olundu."

LUKA, VII, 35

Yazarın Notu

Bir adayı ziyaret etmekte olan bir İspanyol misyoneri, üç Aztek rahibiyle karşılaşır.

"Nasıl dua edersiniz?" diye sorar onlara.

"Tek bir dua biçimi biliriz biz," diye cevaplar Azteklerden biri. "Şöyle deriz: 'Tanrım, sen üçsün, biz üçüz. Merhametini esirgeme bizden.'"

"Güzel bir dua," der misyoner. "Ama Tanrı'nın sizden tam olarak beklediği dua değil bu. Ben size çok daha iyi bir dua öğreteyim."

Din adamı onlara bir Katolik duası öğretir ve İsa'nın öğretisini yaymak üzere yoluna devam eder. Yıllar sonra, onu İspanya'ya geri götüren gemi aynı adaya bir daha uğrar. Üst güverteden bakarken o üç rahibi kıyıda yine görür ve onlara el sallar.

Bunun üzerine üç adam, suyun üstünde yürüyerek ona doğru ilerlemeye başlar.

"Peder! Peder!" diye bağırır içlerinden biri, gemiye yaklaştığında. "Tanrı'yı hoşnut kılan o duayı bize yeniden öğret, biz onu bir türlü anımsayamadık."

"Hiç önemi yok," der, mucizeyi gören misyoner. Ve Tanrı'dan, onun her dili bildiğini daha önce akıl edemediği için, af diler.

Bu öykü, benim bu kitapta anlatmaya çalıştığım şeyi çok iyi açıklıyor. Bizler, çevremizi saran her şeyin olağanüstü olduğunun ender olarak farkına varıyoruz. Mucizeler hemen çevremizde gerçekleşiyor, Tanrı'nın işaretleri bize yol gösteriyor, melekler bize seslerini duyurmaya çalışıyor – ne var ki bize, Tanrı'ya ulaşmanın belirli formülleri ve kuralları olduğu öğretildiğinden, bütün bunlara hiç dikkat etmiyoruz. Onun her yerde bizimle birlikte olduğunu anlamıyoruz.

Geleneksel tapınma usulleri önemli. Bu usuller, birlikte tapınmanın ve dua etmenin deneyimini başkalarıyla paylaşmamızı sağlıyor. Ama hiç unutmamalıyız ki, dinsel deneyim her şeyden önce, Tanrı sevgisinin *uygulanmasına* dayanır. Sevgideyse, kural yoktur. Din kitaplarının buyruklarını yerine getirmeye çalışabiliriz, yüreğimizi denetim altına almaya çabalayabiliriz, belirli davranış biçimlerini benimseyebiliriz; ama bütün bunlar bir işe yaramayabilir. Her şeye karar veren kendi yüreğimizdir; onun karar verdiği şeyse, artık bizim yasamızdır.

Her birimiz, bunun böyle olduğunu bize belleten deneyimler yaşamışızdır. Zaman gelmiş, gözyaşları içinde şöyle dediğimiz olmuştur: "Değmez bir sevgi uğruna acı çekiyorum." Acı çekeriz, çünkü aldığımızdan daha fazlasını verdiğimize inanırız. Acı çekeriz, çünkü sevgimiz karşılıksız kalmıştır. Acı çekeriz, çünkü kendi kurallarımızı karşımızdakine benimsetememişizdir. Ama boş yere acı çekeriz, çünkü gelişmemizin tohumu sevginin içindedir. Ne kadar çok seversek, dinsel deneyime o kadar yaklaşmış oluruz. Aydınlığa gerçekten ulaşmış olanlar, ruhları sevgiyle yanıp tutuşanlar, yaşadıkları dönemin tüm önyargılarına karşı durabiliyorlardı. Şarkılar söylüyor, gülüyor, yüksek sesle dua ediyor, dans ediyor, Aziz Paulus'un "kutsal çılgınlık" dediği şeye katılıyorlardı. Neşeliydiler, çünkü seven kişi, neyi olursa olsun yitirme korkusuna kapılmadan, dünyayı yenmiştir. Gerçek sevgi, kendini tümüyle vermektir.

Piedra Irmağı... bu, kendini verişin önemi üzerine yazılmış bir kitaptır. Pilar ve eşlikçisi, kurgusal kişilerdir, ne var ki Öteki Yarımızı arayışımızda, kaçınılmaz olarak karşı karşıya kaldığımız bir sürü çatışkının simgesidirler. Korkularımızı er geç yenmemiz gerekiyor – çünkü Tanrı'nın yolu, sevginin günlük deneyimlerinden geçiyor.

Keşiş Thomas Merton şöyle diyordu: "Ruhani yaşam, sevgiden başka bir şey değildir. İnsan, iyilik yapmak, yardım etmek ya da birini korumak istediği için sevmez. Böyle davranırsak, gelecek için basit bir şeyi hedeflemiş oluruz ve kendimizi eli açık ve bilge kişi olarak görürüz. Bu davranışın sevgiyle hiç ilgisi yoktur. Sevmek, başkasıyla birleşmek, onda Tanrı'nın kıvılcımını keşfetmektir."

Dileğim, Pilar'ın Piedra Irmağı kıyısında döktüğü gözyaşlarının bize bu birleşmenin yolunu açabilmesi.

P. C.

Piedra Irmağı'nın kıyısında...

...Oturdum ve ağladım. Efsaneye göre, bu ırmağın sularına düşen her şey, yapraklar, böcekler, kuş tüyleri, bunların hepsi ırmağın yatağında taşa dönüşürmüş. Ah! Yüreğimi bağrımdan söküp, akıp giden sulara atabilmek için neler vermezdim... Hiç acım kalmazdı o zaman, hiç pişmanlık kalmazdı içimde, anılarım olmazdı hiç.

Piedra Irmağı'nın kıyısında oturdum ve ağladım. Kışın soğuğu, yüzümdeki yaşları hissettirdi bana ve bu yaşlar, önümden akıp giden donmuş sulara karıştı. Bu ırmak bir yerlerde bir başka ırmağa kavuşuyor, sonra bir başkasına ve bütün bu sular, gözlerimden ve gönlümden çok uzaklarda, sonunda denize kavuşuncaya kadar böylece akıp gidiyor.

Gözyaşlarım böylece çok uzaklara akıp gitsin ve aşkım, bir gün onun için ağladığımı hiç bilmesin. Çok uzaklara aksın gözyaşlarım ve ben, ırmağı, manastırı, Pireneler'deki kiliseyi, birlikte yürüdüğümüz yolları unutayım.

Yolları unutacağım, dağları ve düşlerimin tarlalarını, o düşler ki benim düşlerimdi ve ben bunun bilincinde değildim.

O büyülü anı anımsıyorum, o andan başlayarak bir "evet"in ya da bir "hayır"ın varlığımızı tümüyle değiştirebileceği o anı. Çok gerilerde kalmış gibi geliyor bana, oysa aşkımı buluşumdan, ardından da onu yitirişimden bu yana ancak bir hafta geçti.

Piedra Irmağı'nın kıyısında yazdım bu öyküyü. Ellerim donmuştu, bükülmüş bacaklarım giderek ağırlaşıyordu, ve her an soluklanmam gerekiyordu yazarken.

"Yalnızca içinde bulunduğun anı yaşamaya çalış. Eskiyi anımsamak, bizden daha yaşlılara özgüdür," diyordu sevdiğim adam bana.

Aşk belki de vaktinden önce yaşlandırıyor bizi; sonra, gençlik uçup gittiğinde yeniden gençleşmemizi sağlıyor. Ama o anları unutmaya olanak var mı? İşte bu yüzden yazıyorum ben, hüznü hasrete dönüştürmek, yalnızlığı anılara dönüştürmek için. Bu öyküyü bitirdiğimde, kaldırıp Piedra Irmağı'na atabilmek için – böyle demişti beni ağırlayan kadın. O aziz kadının ağzından söylersem, ateşin yazdığını böylelikle sular söndürebilirdi.

Bütün aşk öyküleri birbirine benzer.

Çocukluğumuzu ve gençliğimizi birlikte geçirmiştik. Sonra o gitti, küçük kentlerdeki tüm erkek çocukların yaptığı gibi. Dünyayı tanımak istediğini, kurduğu düşlerin, Soria topraklarının çok ötesine uzandığını söylüyordu.

Birkaç yıl ondan haber alamadım. Zaman zaman bir mektup geliyordu, hepsi buydu, çünkü çocukluğumuzun ormanlarına, sokaklarına bir daha hiç dönmedi.

Öğrenimimi bitirdiğimde, Zaragoza'ya yerleştim ve onun haklı olduğunu anladım. Soria küçük bir kentti ve o küçük kentin tek büyük şairi, yolların, ancak üzerinde yürünürse yol olduğunu söylemişti. Fakülteye kaydoldum ve bir gençle nişanlandım. Ve kamu yönetimine girmek için açılacak bir sınava hazırlanmaya başladım. Öğrenim giderlerimi karşılamak için satış elemanlığı yaptım; sınavı kazanamadım, nişanlımdan da ayrıldım.

Derken, ondan daha sık mektup almaya başladım, zarfların üzerinde farklı ülkelerin pulları vardı. Kıskanıyordum onu. Yaşça benden büyük dosttu o, her şeyi bilen, dünyayı gezen, kanatları giderek büyüyen; oysa ben, bir yere kök salmaya çalışıyordum.

Günün birinde, mektuplarında Tanrı'dan söz etmeye başladı. Hepsi aynı yerden, Fransa'dan geliyordu. Bu mektuplardan birinde, papaz okuluna girmek ve yaşamını dine adamak istediğini bildiriyordu. Ona yazdığım cevapta, biraz daha beklemesini, böylesine önemli bir bağlanışa karar vermeden önce özgür yaşamını biraz daha uzatmasını söyledim.

Yazdığım mektubu yeniden okuyunca da yırtmaya karar verdim: Ben kim oluyordum da ona özgürlükten ya da bağlanıştan söz ediyordum? O, bu sözlerin ne anlama geldiğini biliyordu, oysa ben bilmiyordum.

Bir gün, dinsel konularda konuşmalar yaptığını duydum. Şaşırdım, hangi konuda olursa olsun, başkalarına bir şeyler öğretmek için henüz çok gençti. Ne var ki iki hafta önce, bana bir kart attı; kartın üzerine, Madrid'de küçük bir topluluğun önünde konuşacağını, benim de orada bulunmama çok önem verdiğini yazmıştı.

Zaragoza'dan Madrid'e dört saatte vardım; onu görmek istiyordum. Onu dinlemek istiyordum. Onunla bir kahvede oturmak, birlikte oyun oynadığımız zamanlardan söz etmek, ona, birbirimize dünyanın dolaşılamayacak kadar büyük olduğunu söylediğimiz zamanları anımsatmak istiyordum.

Cumartesi, 4 Aralık 1993

Konuşma, büyük bir salonda yapılacaktı, içerde de tahmin ettiğimden daha çok insan vardı. Bunu kendime nasıl açıklayacağımı bilemedim. "Ünlü biri mi olmuştu?" Mektuplarında bana bu konuda bir şey yazmamıştı. Çevremdeki insanlarla konuşmak, buraya neden geldiklerini sormak geldi içimden, ama buna cesaret edemedim.

Onu içeri girerken gördüğümde şaşırdım. Vaktiyle tanıdığım çocuğa benzemiyordu – ama, insan on bir yılda tabii ki değişirdi. Daha yakışıklı olmuştu, gözleri parlıyordu.

"Bize ait olanı bize veriyor," dedi yanımda oturan bir kadın.

Tuhaf bir cümleydi bu.

"Neyi veriyor?" diye sordum.

"Elimizden alınmış olan şeyi: dinimizi."

"Hayır, bize geri verdiği bir şey yok," diye karşılık verdi, sağ yanımda oturan daha genç bir kadın. "Zaten bize ait olanı bize kimse geri veremez."

"Öyleyse, burada ne arıyorsunuz?" dedi önceki kadın, sinirli.

"Onu dinlemek istiyorum. Onların tam olarak ne düşündüğünü anlamak istiyorum. Bizi vaktiyle ateşlerde yaktılar, aynı şeyi yeniden yapmaya kalkışabilirler."

"O kendi adına konuşuyor. Elinden geleni yapıyor."

Daha genç olan kadının yüzünde alaycı bir gülümseme belirdi ve önüne dönerek konuşmayı sona erdirdi.

"Bir papaz okulu öğrencisi için, yürekli bir davranış," diye sürdürdü konuşmasını öteki kadın bana bakarak; kendine bir destekçi arıyordu.

Ben bunlardan hiçbir şey anlamıyordum; sesimi çıkarmadım, o da benim desteğimi aramaktan vazgeçti. Genç olanı, sanki onun suç ortağıymışım gibi, bana göz kırptı. Oysa benim susuşumun nedeni başkaydı. O kadının söylediği şeyi düşünüyordum: "Papaz okulu öğrencisi." Olamazdı bu. Öyle olsaydı, bana yazardı bunu.

Konuşmaya başladı, ama söylediklerine gerektiği gibi dikkatimi veremiyordum. "Daha düzgün bir kıyafet giymem gerekirdi," dedim kendime; kıyafetimden neden bu kadar rahatsız olduğumu bilemesem de. Dinleyiciler arasında benim varlığımı fark etmişti; hakkımda ne düşündüğünü sezinlemeye çalışıyordum: Beni nasıl bulmuştu? On sekiz yaşında bir kızla yirmi dokuz yaşındaki bir kadın arasında ne fark vardı?

Onun sesi hep aynıydı. Ne var ki kullandığı sözcükler değişmişti.

İnsan, tehlikeye atılmayı bilmeli, diyordu. Yaşamın mucizesini ancak, beklemediğimiz şeyler olup bittiğinde gerçekten anlıyoruz.

Tanrı, güneşi her gün yeniden doğdurarak, bizi mutsuz kılan her şeyi değiştirmemiz için zaman tanıyor bize. Oysa biz her gün, böyle bir zamanın bize bağışlandığını görmezden geliyoruz, bugünün düne benzediği gibi, yarına da benzeyeceğini düşünüyormuş gibi davranıyoruz. Ama dikkatini yaşamakta olduğu güne veren kişi, o büyülü anın varlığını keşfediyor. O büyülü an belki de sabah anahtarı kilide soktuğumuz dakikada, akşam yemeğini izleyen suskunluk sırasında, bize birbirinin benzeri gibi gelen binbir şeyde gizli. Ama öyle bir an var ve işte o anda yıldızlar tüm güçleriyle içimize doluyor ve bizi mucizeler gerçekleştirmeye hazır hale getiriyor.

Mutluluk kimi zaman bir kutsamadır – ama çoğu zaman bir fetihtir. Günün o büyülü anı, değişmemize yardım ediyor, bizi düşlerimizin peşinde koşmak için yola koyulmaya itiyor. Acı çekeceğiz, zor zamanlar yaşayacağız, ne var ki bunlar geçici, iz bırakmayan dönemler olacaktır. Ve daha sonra geriye dönüp gururla ve inançla bakacağız.

Kendini tehlikeye atmaktan korkan kişiye ne yazık! Çünkü o kişi belki de hiç düş kırıklığına uğramayacak ve peşinden koşacak bir düşü olanlar kadar acı çekmeyecek. Ama dönüp de arkaya baktığında (Çünkü her zaman, sonunda dönüp arkamıza bakarız.), yüreğinden şu sözcüklerin döküldüğünü duyacak: "Tanrı'nın, yaşadığın her güne ektiği mucize tohumlarını ne yaptın? Yaradan'ın sana bağışladığı yetenekleri ne yaptın? Hepsini bir çukura gömdün, çünkü onları yitirmekten korkuyordun. İşte, şimdi elinde kalan, yaşamını yitirmiş olmanın kesinliği."

Bu sözleri duyan kişiye ne yazık! Mucizelere o anda inanacak, ama varlığının büyülü anları geçip gitmiş olacak.

Konuşması biter bitmez, insanlar çevresini sardı. Ben bekledim; bunca yıldan sonra onda uyandıracağım izlenimden kaygı duyuyordum. Kendine güveni olmayan bir çocuk gibi hissediyordum kendimi, onu kıskanıyordum, çünkü yeni dostlarını tanımıyordum, huzursuzdum, çünkü çevresindekilerle benden daha fazla ilgileniyordu.

Bu sırada yaklaştı bana. Kızardı; o anda, biraz önceki ciddi sözleri söyleyen kişi değildi; yeniden, benimle birlikte Aziz Saturio Kilisesi'ne saklanıp, ailelerimiz ırmakta boğulduğumuzu sanıp polise haber verdiği sırada, dünyayı dolaşmayı düşlediğini söyleyen o küçük çocuk olmuştu.

"Merhaba, Pilar," dedi.

Onu kucakladım. Bir şeyler söyleyip onu kutlayabilirdim. Bütün o insanların arasında kalmış olmaktan sıkılabilirdim. Çocukluk dönemimizle ilgili neşeli bir anekdot anlatabilir ve başkalarının ona hayranlıkla yaklaşmasından ne kadar gurur duyduğumu söyleyebilirdim. Zaragoza'ya kalkan son otobüsü yakalayabilmek için hemen gitmem gerektiğini açıklayabilirdim ona.

Bunları yapabilirdim. Bu cümlenin anlamını hiçbir zaman anlayamayacağız. Çünkü yaşamımızın her anında, gerçekleşme olasılığı olan bazı şeyler, sonunda gerçekleşmemiştir. Farkına varılmayan büyülü anlar vardır ve sonra, birden, yazgının eli dünyamızı değiştiriverir.

İşte o anda da aynı şey oldu. Bütün bu yapabileceklerime karşın, ağzımdan tek bir cümle çıktı ve o cümle beni, bir hafta sonra, bu ırmağın kıyısına getirdi, bana bu satırları yazdırdı.

"Gidip bir kahve içebilir miyiz?" diye sordum.

Ve o, bana dönerek, yazgının ona uzattığı elimi elinin içine aldı.

"Seninle mutlaka konuşmam gerek. Yarın Bilbao'da bir konuşma yapacağım. Arabam var."

"Zaragoza'ya dönmem gerekiyor," dedim, bunun o anda ileri sürülebilecek en son gerekçe olduğunun farkında olmadan.

Ne var ki, bir saniyeden çok daha kısa bir zamanda, belki yeniden o eski çocuk halime döndüğümden, belki de varlığımızın en güzel anları bizim irademize bağlı olmadığından, şunu söyledim ona:

"Meryem Ana Bayramı yaklaşıyor. Seninle Bilbao'ya gelebilir, sonra da oradan doğrudan geri dönebilirim."

Ona "papaz okulu öğrenciliği" hakkında sorular sormak için yanıp tutuşuyordum.

"Bana soracağın bir şey mi var?" dedi, aklımdan geçeni sezinleyerek.

Gerçeği söylemek istemedim.

"Evet. Sen konuşmaya başlamadan önce bir kadın, ona ait olan şeyi kendisine geri verdiğini söyledi."

"Önemli değil."

"Bana göre önemli. Yaşamın hakkında hiçbir şey bilmiyorum, bu kadar insanı bir arada görmek beni şaşırttı."

Güldü ve orada bulunan insanlara döndü.

"Bir dakika," dedim, kolundan tutarak. "Soruma cevap vermedin."

"Anlatacaklarımda, ilgini fazlaca çekecek bir şey yok, Pilar."

"Olsun, ben öğrenmek istiyorum."

Derin bir soluk aldı ve beni salonun bir köşesine götürdü.

"Tektanrılı üç büyük din; Yahudilik, İslamiyet ve Hıristiyanlık, erkeklerin ağır bastığı dinlerdir. Bu dinlerde din adamları erkektir. Öğretinin dogmalarını bilen ve yasaları koyan erkeklerdir."

"Peki, o kadın ne demek istiyordu?"

Biraz duraksadı. Ama cevapladı.

"Benim dünyayı başka türlü gördüğümü. Tanrı'nın kadın yüzüne inandığımı."

Soluk aldım, rahatlamıştım; kadın yanılmıştı. Dostum, papaz okulu öğrencisi olamazdı: Din okulu öğrencilerinin, dünyayı başka türlü görmelerine izin verilmezdi.

"Çok iyi açıkladın," dedim.

Bana göz kırpan genç kadın kapıda bekliyordu.

"İkimiz de aynı geleneğin insanlarıyız, bunu biliyorum," dedi. "Benim adım Brida."

"Neden söz ettiğinizi anlamıyorum."

"Tabii ki anlıyorsunuz." Ve güldü.

Koluma girdi ve ben daha bana açıklama yapmasını istemeye fırsat bulamadan, birlikte dışarı çıktık. Çok soğuk bir geceydi ve ertesi sabaha kadar ne yapacağımı tam olarak bilemiyordum.

"Nereye gidiyoruz?" diye sordum.

"Tanrıça'nın[1] heykeline."

"Bu geceyi geçirebileceğim ucuz bir otel bulmam gerekiyor."

"Sana bir otel öneririm, ama daha sonra."

Bir kahvede oturmayı, biraz gevezelik etmeyi, onun hakkında öğrenebileceğim her şeyi öğrenmeyi yeğlerdim. Ne var ki bu kadınla konuşmak istemiyordum; beni Paseo de la Castellana boyunca götürerek, bunca yıl sonra Madrid'i yeniden görmemi sağlamasına ses çıkarmadım.

Caddenin ortasında durdu ve gökyüzünü gösterdi.

1. Burada Tanrıça, Meryem Ana'yı simgeler. Kitap boyunca aynı anlamda Ana Tanrıça, Anaların Anası, Bakire Anamız, Günahsız Gebe, Kutsal Bakire ve Kutsal Anamız gibi ifadeler de kullanılmıştır. (Y.N.)

"İşte!" diye bağırdı.

Çıplak ağaç dallarının arasından dolunay görünüyordu. Ona katıldım.

"Güzel."

Ama o beni dinlemiyordu. Kollarını, başıyla haç oluşturacak biçimde açtı, avuç içlerini gökyüzüne çevirdi ve dolunayı hayranlıkla izlemeye koyuldu.

"Elimi acaba hangi eşekarısı kovanına soktum?" diye düşündüm. Oraya din konusunda bir konuşma izlemeye gelmiştim, oysa şimdi, bu çılgın kadınla birlikte Paseo de la Castellana Caddesi'ndeydim, ertesi gün de Bilbao'ya hareket edecektim.

"Ey Yer Tanrıçası'nın[1] gökyüzündeki yansısı," dedi, gözleri kapalı. "Gücümüzü öğret bize, erkeklerin bizi anlamasını sağla. Gökyüzünde parlaklığınla doğup ölüyor, sonra da yeniden dirilerek, döllenmenin ve meyve vermenin çevrimini gösteriyorsun bize."

Ellerini göğe kaldırdı ve o durumda uzun süre kaldı. Gelip geçenler bakıp gülüyorlardı, ama o buna hiç aldırmıyordu; onun yanında bulunduğumdan dolayı utancımdan kahrolan bendim.

"Bunu yapmam gerekiyordu," diye açıkladı, dolunayı uzun uzun, saygıyla selamladıktan sonra. "Tanrıça'nın bizi koruması için."

"İyi ama siz neden söz ediyorsunuz?"

"Dostunuzun sözünü ettiği şeyden, ama bunu doğru sözcüklerle yapıyorum."

Konuşmayı daha dikkatle izlemediğime pişman oldum. Onun neler söylediğini tam olarak anımsamıyordum.

"Biz, Tanrı'yı kadın yüzüyle tanıyoruz," dedi genç kadın, yeniden yürümeye başladığımızda. "Bizler, Ana Tanrıça'yı anlayan ve seven kadınlar. Bu bilgimizi, cezalandırılmalar ve yakılmalar pahasına elde ettik ve varlığımızı sür-

1. Gaia, Yunan mitolojisinde Yer'i simgeleyen tanrıça. Yunanistan'da Helenlerin Zeus kültürü yaymalarından önce, tapınılan ana tanrıça olabilir. (Y.N.)

dürmeyi başardık. Şimdi, onun gizlerini biliyoruz artık."

Büyücü kadınlar. Üzerinde insan yakılan odun yığınları.

Ona daha dikkatli baktım. Güzel kadındı, kızıl kahve, bakır yansımalı saçları sırtının ortasına kadar iniyordu.

"Erkekler avlanmaya gittiklerinde, biz mağaralarımızda, Ana'nın karnında kalıp çocuklarımıza bakıyorduk. İşte o zaman Anaların Anası bize her şeyi öğretti.

"Erkekler hep hareket halindeydiler, oysa biz Ana'nın karnında kalmayı sürdürüyorduk. İşte bu yüzden tohumların bitkiye dönüştüğünü öğrendik ve bunu erkeklerimize söyledik. İlk ekmeği biz yaptık ve onları besledik. Su içebilmeleri için, ilk toprak kaba biçim veren biz olduk. Ve yaratılışın çevrimini anladık, çünkü bedenimiz, ayın ritmini yineliyordu."

Birden sustu.

"İşte!"

Baktım. Çevresinde araçların döndüğü bir meydanın ortasında bir çeşme yükseliyordu ve havuzun ortasında, aslanların çektiği bir arabayı temsil eden bir heykel vardı.

"Kybele Meydanı," dedim, Madrid'i bildiğimi göstermek için.

Bu anıtı daha önce onlarca kartpostalın üstünde görmüştüm. Ama o beni dinlemiyordu. Yolun tam ortasında, arabaların arasında zikzaklar çiziyordu.

"Oraya gidelim!" diye bağırdı bana, elini kolunu sallayarak.

Onun yanına gitmeye karar verdim, hiç olmazsa kalabileceğim otelin adını öğrenmek için. Bütün bu zirzopluklar beni yoruyordu ve gidip yatmam gerekiyordu. Havuzun yanına neredeyse aynı anda ulaştık, benim kalbim yerinden çıkacakmış gibi atarken, onun dudaklarında gülümseme vardı.

"Su, su onu temsil ediyor."

"Rica ediyorum, bana ucuz bir otel gerek."

Ellerini suya soktu.

"Sen de yap. Dokun suya."

"Olmaz. Benim için kaygılanmayın. Gidip kendime bir otel arayacağım."

"Bir dakika..."

Çantasının içinden küçük bir flüt çıkarıp çalmaya başladı. Çaldığı müziğin insanı hipnotize eden bir etkisi vardı sanki: Geçen araçların gürültüsü yavaş yavaş uzaklaştı ve yüreğim duruldu. Çeşmenin kenarına oturdum, gözlerim tepemizdeki dolunaya dikili, suyun şırıltısını, flütün nağmelerini dinlemeye başladım. Kadın yanımı birazıyla bunların oluşturduğunu belli belirsiz duyumsuyordum.

Ne kadar süre flüt çaldığını bilmiyorum. Bitirdiğinde, yüzünü çeşmeye döndü.

"Kybele," dedi. "Ana Tanrıça'nın suretlerinden biri. Hasatları düzenleyen, kentleri koruyan, kadına rahibelik görevini veren Tanrıça."

"Kimsiniz siz? Neden sizinle birlikte gelmemi istediniz benden?"

Bana döndü.

"Ben, senin olduğumu sandığın varlığım. Toprak dininin bir parçasıyım."

"Ne istiyorsunuz benden?" diye üsteledim.

"Seni gözlerinden okuyabilirim. Yüreğinden okuyabilirim seni. Âşık olacaksın. Ve acı çekeceksin."

"Ben mi?"

"Neden söz ettiğimi biliyorsun. Onun sana nasıl baktığını gözlerimle gördüm. Seni seviyor."

Bu kadın çılgındı.

"İşte bu yüzden benimle birlikte gelmeni istedim," diye sürdürdü. "Çünkü o önemli biri. İsterse saçmalasın, en azından Ana Tanrıça'yı biliyor. Yitip gitmesine izin verme onun. Yardım et ona."

"Ne söylediğinizi bilmiyorsunuz siz. Hayal dünyanızın içinde yitip gitmişsiniz," diye bağırdım, karşıya geçmek üzere arabaların arasında yeniden kıvrılarak ilerlemeye başladığım sırada.

Ve o kadının sözlerini bir daha asla düşünmemeye kendi kendime söz verdim.

Pazar, 5 Aralık 1993

Bir kahve içmek için durduk.

"Yaşam sana çok şey öğretmiş," dedim, konuşmayı başlatmak için.

"Birçok şeyi öğrenebileceğimizi, kendimizi değiştirebileceğimizi öğretti bana. Bunu yapabileceğimizi düşünmesek de."

Konudan ustaca sıyrılmak istiyordu. Yolun kenarındaki bu bara gelinceye kadar geçen iki saat boyunca neredeyse hiçbir şey konuşmamıştık.

Başlangıçta, çocukluğumuzu anımsatmayı denemiştim, ne var ki o döneme uzak durduğunu kibarca belli ediyordu. Aslında beni dinlediği yoktu. Öyle görünüyordu ki yolunda gitmeyen bir şey vardı. Belki de araya giren zaman ve mesafe onu benim dünyamdan uzaklaştırmıştı. "Büyülü anlardan söz ediyor," dedim kendi kendime. Carmen'in, Santiago'nun ya da Maria'nın yaşam serüvenleri onu neden ilgilendirsin? Onun başka bir dünyası vardı; Soria onun için uzakta kalmış, zaman içinde taşlaşmış, çocukluk arkadaşlarının çocuk kaldığı, yaşlıların henüz ölmediği, bütün bunların onun belleğinde yirmi dokuz yıl önceki gibi durdukları bir anıya dönüşmüştü.

Beni arabayla götürmesini kabul ettiğim için pişmanlık duymaya başlıyordum. Kahvede, konuyu yeniden değiştirdiğinde, daha fazla üstelemememeye karar verdim.

Bilbao'ya kadar birlikte geçirdiğimiz sonraki iki saat, gerçek bir işkenceydi. O, gözlerini yola dikmişti, ben, yan camdan dışarı bakıyordum; o da, ben de aramızda doğan huzursuzluğu gideremiyorduk. Kiralık arabaya radyo takılmamıştı ve suskunluğu sürdürmekten başka yapacağımız bir şey yoktu.

"Otobüs terminalinin nerede olduğunu soralım," dedim, otoyoldan çıkar çıkmaz. "Zaragoza'ya düzenli seferler var."

Siesta vaktiydi, sokaklar fazla kalabalık değildi. Bir adama rastladık, sonra genç bir çifte; sormak için durmadı.

"Nerede olduğunu biliyor musun?" diye sordum, bir süre sonra.

"Neyin nerede olduğunu?"

Söylediklerime kulak vermemeyi sürdürüyordu.

Birden, bu suskunluğun nedenini anladım. Dünya üzerinde serüvene atılmamış bir kadına söyleyecek nesi olabilirdi? Bilinmeyenden korkan, güvenli bir iş ve geleneksel bir evlilik düşleyen birinin yanında oturmanın ilginç bir yanı olabilir miydi?

Ve ben, zavallı kadın, ona, aynı çocukluk arkadaşlarından, önemsiz, küçücük bir kasabanın tozlu anılarından söz edip duruyordum. Söylediklerim bundan ibaretti.

"Beni şurada bırakabilirsin," dedim, kent merkezini andıran bir yere geldiğimizde. Doğal davranmaya çalışıyordum, ama kendimi aptal, çocuksu, sıkıcı biri gibi görüyordum.

Arabayı durdurmadı. Üsteledim.

"Zaragoza'ya dönmek için otobüse binmem gerek."

"Buraya hiç gelmedim. Gideceğim otelin nerede olduğunu bilmiyorum. Konuşmamı nerede yapacağımı bilmiyorum. Otobüs terminalinin de nerede olabileceği hakkında bir fikrim yok."

"Ben başımın çaresine bakarım. Kaygılanma."

Yavaşladı, ama yola devam etti.

"Ben..."

İki kez başladı, ama cümlesini bitiremedi. Ne isteyebileceğini sezinliyordum: ona eşlik etmiş olmama teşekkür etmek, dostlara selam yollamak ve böylelikle bu sevimsiz havayı yumuşatmak.

"Ben... benimle birlikte akşam bu konuşmaya gelmeni isteyecektim senden."

Şok yemiş gibi oldum. Belki de yol boyunca sürdürdüğümüz katlanılmaz suskunluğu onarmaya çabalıyordu.

"Benimle gelmeni çok isterdim," diye yineledi.

Ben, kent kadınlarının parlaklığına ve gösterişine sahip olmayan, anlatacak ilginç hiçbir şeyi olmayan bir kırsal yöre kadınıydım belki. Ne var ki taşra yaşamı, kadınları incelikli, her şeyden haberli kılmasa da onlara yüreklerinin sesini dinlemeyi ve sezgilerini izlemeyi öğretir. Sezgilerim bana, onun şu anda içtenlikle davrandığını söylüyordu ve buna çok şaşırdım.

Rahat bir soluk aldım. Konuşmayı izlemeyecektim tabii; ama değer verdiğim dostum, bana geri dönmüş, korkularını ve zaferlerini benimle paylaşmaya niyetlenmiş gibi görünüyordu.

Cevap verdim.

"Davetin için teşekkürler. Ama otele ödeyecek param yok, yarım bıraktığım çalışmalarımın başına dönmem gerekiyor."

"Benim biraz param var. Aynı odada kalabiliriz. İki yataklı bir oda tutarız."

Havanın soğuk olmasına karşın, terlemeye başladığımı fark ettim. Yüreğim, anlamını çözemediğim sinyaller göndermeye başladı. Kısa bir süre önce duyduğum neşe, yerini büyük bir karmaşa duygusuna bıraktı.

Arabayı birdenbire durdurarak gözlerimin ta içine baktı. Gözlerinin ta içine bakıldığında kimse yalan söyleyemez, kimse karşısındakinden bir şey saklayamaz. Ve azıcık da olsa duyarlılığa sahip bir kadın, âşık bir erkeğin duygularını gözlerinden okuyabilir. Bu duygu ona çok saçma görünse de, bu aşkın kendini ortaya koyuşu zaman ve mekân olarak hiç beklenmedik bir anda gerçekleşse de böyledir bu. O anda aklıma, kızıl saçlı kadının bana çeşmenin başında söylediği sözler geldi.

Olamazdı. Ama doğruydu.

Bunu asla, ama asla –üzerinden bunca zaman geçtikten sonra– anımsayacağını düşünemezdim. Çocuktuk ikimiz de, birlikte büyüyorduk ve dünyayı birbirimizin elinden tutarak tanıyorduk. Onu sevmiştim – o yaştaki bir çocuk aşktan ne anlarsa öyle sevmiştim onu. Ama bütün bunlar geçmişte kalmıştı, yaşamın bize sunduğu şeylere bütün kalbimizle açık olduğumuz dönemde kalmıştı. Bugün ikimiz de birer erişkindik, sorumluluklarımız vardı. Çocukluk dönemimize ait şeyler o dönemde kalmıştı.

Yeniden gözlerine diktim gözlerimi. İnanmak istemiyordum, inanamıyordum.

"Buradaki konuşmamı da yapacağım," diye sürdürdü, "ondan sonra 8 Aralık, Meryem Ana Bayramı gelmiş olacak. Dağa çıkmam gerekiyor. Sana bir şey göstermem gerekiyor."

Büyülü anlardan söz eden bu parlak kişi, şu anda önümde, sağduyudan yoksun davranmaktaydı. Çok hızlı ilerliyordu, güven vermiyordu, karanlık teklifler yapıyordu. Onu bu durumda görmek beni üzüyordu.

Kapıyı açtım, dışarı çıktım ve arabaya yaslandım. Neredeyse bomboş caddeye bakakaldım. Sonra bir sigara yakıp hiçbir şey düşünmemeye zorladım kendimi. "Gibi" davranabilir, anlamamış gözükebilirdim – bunun, bir çocukluk arkadaşının, çocukluk arkadaşı olan bir kadına yaptığı art niyetsiz bir teklif olduğuna inandırmaya çalışabilirdim kendimi. Belki de uzun süreden beri yolculuk yaptığından, her şeyi birbirine karıştırıyordu.

Durumu abartan belki de bendim.

O da arabadan indi ve benim yanıma yaslandı.

"Bu akşamki konuşmaya kalmanı isterdim," dedi bir daha. "Ama buna olanak yoksa, onu da anlarım."

Ve işte. Dünya, kendi ekseni çevresinde bir kez dönmüş, eski yerine gelmişti. Hiç de düşündüğüm gibi değildi. Üstelemiyordu, gitmeme izin vermeye hazırdı. Âşık bir erkek böyle davranmaz.

Rahatlamıştım, ama aynı zamanda da kendimi aptal gibi görüyordum. Tabii ki kalabilirdim, en azından bir gün. Birlikte akşam yemeği yerdik, biraz sarhoş olurduk – bunu çocukluğumuzda hiç yapmamıştık. Birkaç dakika önce düşündüğüm saçmalıkları unutmak için, Madrid'den beri aramıza giren soğukluğu kırmak için iyi bir fırsat olurdu bu.

Bir gün geç dönmek benim için fazla bir şey değiştirmezdi. Kadın arkadaşlarıma anlatacak bir şeyim olurdu en azından.

"Yan yana iki ayrı yatak, değil mi?" diye sordum, alaylı bir ses tonuyla. "Akşam yemeğini de sen ısmarlıyorsun, çünkü ben hâlâ öğrenciyim. Meteliğim yok."

Bavullarımızı oteldeki odamıza koyduk ve konuşmanın yapılacağı yere yaya olarak gitmek üzere aşağıya indik. Oraya çok erken vardığımızdan, bir kahveye oturduk.

"Sana bir şey vermek istiyorum," dedi, elime kırmızı, küçük bir kese tutuşturarak.

Hemen açtım. Kesenin içinden, bir yüzünde Notre-Dame de la Grâce, öteki yüzünde de Sacré-Cœur de Jésus bulunan paslı bir madalyon çıktı.

"Senindir," dedi, şaşkın bakışımı izlerken.

Yüreğim, yeniden alarm sinyalleri göndermeye başladı.

"Bugünkü gibi bir sonbahar günüydü –on yaşlarındaydık–, seninle, o ulu meşe ağacının olduğu meydanda oturmuştuk. Sana bir şey söyleyecektim, haftalardır kendi kendime yinelediğim bir şeyi. Tam başlamıştım ki sen bana, küçük Aziz Saturio Kilisesi'nde madalyonunu kaybettiğini söyledin ve gidip aramamı istedin."

Anımsıyordum, Tanrım! Anımsamaz olaydım keşke...

Sözünü sürdürdü.

"Madalyonu buldum. Meydana geri döndüğümde, haftalardır ezberlediğim sözleri söylemeye cesaret edemedim. Ben de bunun üzerine, madalyonu sana, yirmi yıl önce başlanmış o cümleyi söyleyebildiğim zaman vereceğime kendi kendime söz verdim. Uzun süre unutmaya çalıştım ama aklımdan çıkmadı. Kafamın içinde o cümleyle yaşayamaz hale geldim."

Kahvesini bıraktı, bir sigara yaktı ve uzun süre gözleri tavana dikili kaldı. Sonra bana döndü.

"Basit mi basit bir cümle bu. Seni seviyorum."

Şöyle diyordu:

Kimi zaman, üstesinden gelemediğimiz bir hüzne gömüldüğümüz izlenimine kaptırırız kendimizi. Yaşadığımız günün büyülü anının geçip gittiğinin, buna karşın hiçbir şey yapmadığımızın farkına varırız. Oysa yaşam, büyüsünü ve güzelliğini kendi içinde gizlemektedir.

İçimizde yaşamayı sürdüren çocuğa kulak vermeliyiz. O çocuk, büyülü anın hangi an olduğunu bilir. Onun gözyaşlarını kolayca bastırabiliriz, ama sesini boğamayız.

O çocuk, varlığını hep sürdürür. O küçücük çocuklara ne mutlu ki gökyüzü krallığı onlarındır.

Yeniden doğmayı bilmezsek, yaşama, çocuk gözlerimizin saflığıyla ve heyecanıyla yeniden bakmayı başaramazsak, yaşamımızın bir anlamı kalmaz.

Canımıza türlü biçimlerde kıyabiliriz. Bedenlerini öldürmek isteyenler, Tanrı'nın yasasını çiğnerler. Ruhlarını öldürmek isteyenler de aynı şeyi yaparlar, onların işledikleri günahı, insanlar açık seçik göremese de.

Yüreğimizde hâlâ yaşayan çocuğun söylediklerine kulak verelim. Onun varlığından utanç duymayalım. Yapayalnız bıraktığımız ve onu neredeyse hiç dinlemediğimiz için korkuya kapılmasına izin vermeyelim.

Varlığımızın dizginlerini biraz olsun onun eline verelim. O çocuk, her günün bir sonraki günden farklı olduğunu bilir.

Yeniden sevildiğini hissettirecek biçimde davranalım ona. Onu hoşnut edelim – bu, alışık olmadığımız biçimde davranmak anlamına gelse de, başkalarının gözüne saçmalık gibi görünse de.

İnsanların bilgelik taslamasının Tanrı katında delilik olduğunu anımsayalım. Ruhumuzda barınan çocuğa kulak verirsek, gözlerimiz yeniden parlayacaktır. O çocukla temasımızı yitirmezsek, yaşamla yakınlığımızı da yitirmeyiz.

Çevremdeki renkler canlanmaya başladı. Sesimin daha yüksek çıktığını duydum, kadehimi masaya koyduğumda daha çok ses çıkardığımı fark ettim.

Konuşmanın yapıldığı yerden çıkan on kadar kişi, o lokantaya yemek yemeye gelmişti. Herkes bir ağızdan konuşuyordu, ben gülümsüyordum – gülümsüyordum, çünkü bu akşam başka akşamlardan farklıydı. Yıllardan beri, önceden planlamadan yaşadığım ilk akşamdı.

Ne büyük bir sevinç!

Madrid'e gitmeye karar verdiğimde, duygularımı ve hareketlerimi denetim altında tutuyordum. Ve sonra, birden, her şey değişivermişti. Buradaydım, doğduğum kente üç saatten az bir mesafede olmasına karşın, daha önce hiç ayak basmadığım bu kentte. Oturduğum bu masada, tanıdığım tek bir insan vardı – ve herkes benimle, uzun yıllardan beri dostmuşuz gibi konuşuyordu. İnsanların arasına karışıp böylesine gevezelik edebilme, içebilme ve eğlenebilme yeteneğimin olmasını görmek beni çok şaşırtıyordu.

Buradaydım, çünkü yaşam birdenbire yaşamı sunmuştu bana. İçimde suçluluk, korku ya da utanma duygusu hiç yoktu. Ona yaklaştığım ölçüde –ve onun konuşmasını dinlerken–, haklı olduğuna giderek daha çok inanıyordum: İnsanın kendisini tehlikeye atması, çılgınca hareket etmesi gereken anlar vardı.

"Günler boyunca o kitapların, o defterlerin üzerine eğilmiş olarak kalıyor, insanüstü çaba göstererek kendi kendimi zincire vurmaya çalışıyorum," diye düşündüm. "O işi neden bu kadar istiyorum? Bana, insan olarak ya da kadın olarak fazladan ne katacak?"

Hiçbir şey. Yaşamımı bir çalışma masasının ardında geçirmek, yargıçların dava dosyalarını hazırlamalarına yardım etmek için doğmadım ben.

"Hayır, yaşamıma bu açıdan bakmamam gerek. Hafta sonundan önce oraya dönmeliyim."

Şarabın etkisiydi herhalde. Sonuçta, çalışmayanın karnı doymaz.

"Bunların hepsi bir rüya. Bitecek."

Ama bu rüyayı daha ne kadar uzatabilirim? Yaşamımda ilk kez, dağa giderken ona eşlik etmeyi düşündüm. Önümüzde bir haftalık bir tatil vardı, değil mi?

"Nesi oluyorsunuz siz?" diye sordu, masamızda oturan güzel bir kadın.

"Bir çocukluk arkadaşı."

"Çocukken de böyle şeylerle uğraşır mıydı?"

"Hangi şeylerle?"

Masanın çevresinde, konuşmalar canlılığını yitiriyormuş gibi geldi bana.

"İyi bilirsiniz..."

Kadın üsteliyordu.

"Mucizeler."

"Daha o zamandan çok iyi konuşurdu," diye cevapladım, neden söz ettiğini pek anlamadan.

Herkes güldü, o da, ve neden güldüklerini anlayamadım. Ne var ki şarap bana, her davranışımı dizginlemeye gerek duymayacağım bir özgürlük kazandırmıştı. Sustum, çevreme bakındım ve aklıma ne geliyorsa söyledim, söyler söylemez de unuttum. Sonra, tatil günlerini düşündüm.

Burada olmak, yeni yüzler tanımak güzeldi. Bu insanlar, eğlenceli bir hava içinde ciddi şeylerden söz ediyorlardı ve ben, dünyada olup bitenlere, yani yaşama katıldığım izlenimine kapılıyordum. Çevremdeki yaşama, hiç olmazsa bu akşam, televizyondan ve gazetelerden süzülüp gelen biçimiyle edilgin olarak katılan bir kadın değildim. Zaragoza'ya döndüğümde, benim de başkalarına anlatacak şeylerim olacaktı. Meryem Ana Bayramı tatili için bana yapılan teklifi kabul edecek olursam, o günlerin anısıyla tüm bir yılı geçirebilirdim.

"Soria hakkında anlattığım şeylerin üzerinde durmamakta çok haklıydı," diye düşündüm. Ve kendime acıdım. Yıllardan beri, belleğimin çekmecesinde hep aynı öyküler birikiyordu.

"Biraz daha için," dedi bana ak saçlı bir adam, bardağımı doldurarak.

İçtim. Çocuklarıma ve torunlarıma anlatacak çok az şeyim olacağını düşündüm.

"Sana güveniyorum," diye fısıldadı bana, öyle ki bu sözleri yalnızca ben işittim. "Seninle Fransa'ya kadar gideceğiz."

Şarap, dilimi çözmüştü.

"Bir şeye tam açıklık getirmek koşuluyla."

"Neye?"

"Konuşmanı yapmadan önce, bana kahvede itiraf ettiğin şeye."

"Madalyon mu?"

"Hayır," dedim, gözlerinin ta içine bakıp, bu arada, sarhoş olduğumu elimden geldiğince belli etmemeye çalışarak. "O anda bana söylediğin şeye."

"Bunu daha sonra konuşuruz."

Bana aşkını ilan etmişti. Bundan bir daha söz etmeye fırsat bulamamıştık.

"Seninle birlikte gelmemi istiyorsan, beni dinlemen gerekir," dedim.

"Burada tartışmak istemiyorum. Şu anda eğleniyoruz."

"Soria'dan çok erken ayrıldın," diye üsteledim. "Ben, seninle memleketin arasında bir bağdan başka bir şey değilim. Senin, köklerinden uzak kalmamana yardım ettim, buysa yoluna devam edebilmen için seni yüreklendirdi. Hepsi bu. Bunda aşk söz konusu olamaz. Hiçbir biçimde."

Hiçbir açıklama yapmadan dinledi beni. Biri, bir konuda düşüncesini sormak için ona seslendi, tartışmayı sürdüremedim.

"En azından, açık seçik söyledim," diye düşündüm. Böyle bir aşk, olsa olsa, peri masallarında olurdu. Çünkü gerçek yaşamda aşkın, yaşanabilir bir aşk olması gerekirdi. Hemen karşılık görmese bile –o kişi istediği kadar uzakta olsun–, günün birinde sevilen kişiyi fethetme umudu olmaksızın yaşayamazdı. Bunun dışında her türlüsü katıksız düştü.

Düşüncelerimi okumuş gibi, masanın öteki ucundan, kadehini bana doğru kaldırdı.

"Aşka!"

O da biraz sarhoştu. Durumdan yararlanmak istedim.

"Bazı aşkların çocukluk olduğunu anlayacak bilgelikte olanlara!"

"Bilge kişi, sevdiği için bilgedir," diye cevapladı beni. "Ahmak olana gelince, aşka akıl erdirdiğini ileri sürdüğü için ahmaktır."

Bu sözleri, masanın çevresindekiler de işitti; hemen ardından, aşk üstüne ateşli bir tartışma başladı. Her birinin bu konuda kesin bir kanısı vardı ve bunu ateşli biçimde savunuyordu; ateşleri söndürmek için, masaya birçok şişenin daha gelmesi gerekti. Sonunda, içimizden biri, vaktin geç olduğunu ve patronun dükkânı kapamak istediğini fark etti.

"Beş gün tatilimiz var," diye bağıranlar oldu başka bir masadan. "Patronun dükkânı kapatmak istemesi, sizin ciddi şeyler konuşmanızdan kaynaklanıyor!"

Herkes kahkahayı bastı – onun dışında.

"İyi de, özellikle ciddi konulardan nerede söz etmeli?" diye sordu, yandaki masada oturan sarhoş adama.

"Kilisede!" diye karşılık verdi adam. Bu kez, lokantada ne kadar insan varsa, kahkahadan kırıldı.

Ayağa kalktı. Kavgaya tutuşacağını sandım. Hepimiz gençlik dönemimizdeki havayı, dalaşmaların, öpüşlerin, yasak okşamaların, kulak tırmalayan müziklerin ve hızlılığın, geçirdiğimiz akşamların adına yakışır olması için yaşamımızın bir parçası olduğu o havayı yeniden bulmuştuk. Ne var ki o, benim elimden tutarak kapıya yöneldi.

"En iyisi gitmek. Vakit geç oldu."

Bilbao'ya yağmur yağıyor, dünyaya yağmur yağıyor. Seven insan, önce kendinden geçmeyi, sonra kendini bulmayı özler.

O, tam zamanında ortaya çıkarak bu iki özlem arasında güzel bir denge kurdu. Neşeli bir insan, otele dönerken şarkılar söylüyor.

Son los locos que inventaron el amor[1]

Şarabın etkisi tam olarak geçmedi, renkler de hâlâ, olduğundan daha canlıymış gibi görünüyor bana; yavaş yavaş kendime gelmeye başlıyorum. Kendimi koyvermemeliyim, yola çıkacak durumda olmak istiyorum. Kendimi denetim altında tutmam zor olmayacak, âşık değilim çünkü. Yüreğine söz dinletebilen kişi, dünyayı fethedebilir.

Con un poema y un trombón
a develarte el corazón[2]

diyor şarkı.

1. "Delilerdir aşkı icat eden." (*Balada para um luoco* adlı halk şarkısından) (Ç.N.)
2. "Bir şiir ve bir trombon
Altüst edecek yüreğini." (Ç.N.)

"Yüreğim keşke söz dinlemese," diyorum. Kendimi olaylara bir bırakabilsem, yalnızca bir hafta sonu bile olsa, yüzüme değen bu yağmur damlalarının başka bir tadı olurdu. Sevmek kolay olsaydı, birbirimizin kollarında olurduk ve şarkının sözleri bir öykü anlatırdı bize, kendi öykümüzü.

Zaragoza'ya dönmek zorunda olmasaydım, içkinin etkisinin hiç geçmemesini isterdim ve onu öpmek için, okşamak için, âşıkların birbirine fısıldadığı sözleri ona söylemek, aynı sözleri ondan duymak için özgür olurdum.

Ama hayır. Yapamam bunu.

İstemiyorum.

"Salgamos a volar, querida mía," diyor şarkı. Evet, şarkıdaki gibi, gideceğiz ve kanatlanacağız. Benim koşullarımın sınırları içinde.

Davetini kabul ettiğimi bilmiyor henüz. Neden bu tehlikeye atıyorum kendimi? Çünkü şu anda kafam bir hoş, birbirinin eşi günler yaşamaktan da bıkkınım.

Ama bu bıkkınlık geçecek. Ve hemen Zaragoza'ya dönmek isteyeceğim, yaşamımı geçirmek istediğim kente. Çalışmam gereken kitaplar beni bekliyor orada, kamu yönetimi sınavı da. Bir de koca, kendime bir koca bulmam gerekiyor, bu da zor olmayacak. Dingin bir yaşam bekliyor beni, çocuklarımla, torunlarımla, dengeli bir bütçeyle ve yıllık tatillerle. Onun içini saran korkuları bilemiyorum, ama o korkuların benim korkularım olduğunu seziyorum. Onun hakkında bilgi edinmeme hiç gerek yok, şimdiye kadar edindiklerim benim için yeterli.

Onun gibi bir insana hiçbir zaman –ama hiçbir zaman– âşık olamam. Onu gereğinden çok tanıyorum, çok uzun bir süre yan yana yaşadık, onun tüm zayıflıklarını, tüm korkularını biliyorum. Başkaları gibi hayran olamıyorum ona, yapamıyorum bunu.

Barajlar gibidir aşk, bunu biliyorum: Bir zerre suyun sızabileceği bir çatlak bırakırsanız, bu su duvarları yavaş yavaş kemirir ve öyle bir an gelir ki, akıntının gücünü artık kimse denetleyemez. Duvarlar yıkılacak olursa, aşk efendi olarak her şeye el koyar; neyi yapabilirim, neyi yapamam, sevdiğim kişiyi yanımda tutabilir miyim, tutamaz mıyım, gibi sorular artık boşunadır... Âşık olmak, denetimi elinden kaçırmak demektir.

Hayır, duvarda çatlak oluşmasına izin veremem. Çok ince de olsa.

"Bir dakika!"

Şarkı söylemeyi birden kesti. Islak zeminde, ayak sesleri çınlıyordu.

"Gidelim!" dedi, koluma girerek.

"Durun!" diye bağırdı, arkamızdan bir adam. "Sizinle konuşmam gerek!"

Adam, giderek adımlarını sıklaştırıyordu.

"Bize seslenmiyor. Otele gidelim biz."

Ne var ki bize seslenmişti. Sokakta bizden başka kimse yoktu. Kalbim küt küt atmaya başladı, içkinin etkisi de bir anda geçti. Kendi kendime Bilbao'da, yani Bask ülkesinde olduğumuzu ve terörist saldırıların bu kentte sık olduğunu söyledim. Adımlar yaklaştı.

"Ne olur!" diye yineledi, adımlarını daha da sıklaştırarak.

Ne var ki çok geçti. Tepeden tırnağa ıslanmış bir adam silueti yolumuzu kesti.

"Durun, rica ederim! Tanrı aşkına."

Dehşet içindeydim, çevreye bakıyor, kaçacak bir delik arıyor, bir mucize olsa da bir polis arabası geçiverse, diyordum. İçgüdüyle koluna yapıştım, ama o, benden kurtulup serbest kaldı.

"Lütfen! Burada olduğunuzu öğrendim. Yardımınız gerekiyor. Oğlum için."

Ve adam ağlamaya başladı. Dizlerinin üzerine çöktü.

"Lütfen! Lütfen!"

Derin bir soluk aldı, başını eğdi ve gözlerini yumdu. Birkaç saniye sessiz kaldı, yağmura karışan hıçkırık seslerini duyabiliyorduk adamın.

"Sen otele git, Pilar. Ve uyu. Ben kuşkusuz ancak sabaha karşı dönebilirim."

Pazartesi, 6 Aralık 1993

Aşk tuzaklarla doludur. Kendini göstermek istediğinde, bize yalnızca ışığıyla belirir, ve bu ışığın içindeki gölgeleri gözümüzden saklar.

"Çevremizi saran topraklara bir bak," dedi. "Gezegenimizin yüreğinin attığını duymak için yere uzanalım."

"Biraz sonra. Yanımda getirdiğim tek ceketin kirlenmesini istemiyorum."

Zeytin ağaçları dikili tepede dolaştık. Dün Bilbao'ya yağan yağmurdan sonra güneş bende, bir düşte yaşıyormuşum izlenimi bırakıyordu. Güneş gözlüğüm yoktu, yanıma hiçbir şey almamıştım, çünkü aynı gün Zaragoza'ya dönecektim. Bana ödünç verdiği bir gömlekle uyumak zorunda kalmıştım; ve üstümdekini yıkayabilmek için, otele yakın bir dükkândan kendime bir tişört almıştım.

"Beni hep aynı kıyafet içinde görmekten bıkmışsındır," dedim, şaka yollu, sıradan bir cümlenin beni gerçeğe döndürüp döndüremeyeceğini anlamak için.

"Yanımda olmandan mutluyum."

Madalyonu verdiğinden bu yana, aşktan bir daha söz etmedi, ama keyfi yerinde, yeniden on sekiz yaşına dönmüş gibi. Yanımda yürüyor, sabah aydınlığı ona da tepeden tırnağa vurmuş.

Ufuktaki Pireneler'i göstererek soruyorum:

"Orada ne yapman gerekiyor?"

"O dağların öte yanında Fransa var."

"Coğrafya konusunda bilgim var. Oraya neden gitmemiz gerekiyor, benim öğrenmek istediğim bu."

Bir an konuşmadı, gülümsemekle yetindi.

"Sana bir evi göstermek için. İlgini çeker belki."

"Emlakçı rolüne soyunduysan, hemen vazgeç. Çünkü param yok."

Benim için, bir Navarra kasabasında bulunmak ya da Fransa'ya kadar gitmek fark etmiyordu. İstemediğim tek şey, tatili Zaragoza'da geçirmekti.

"Görüyor musun?" diyordu aklım yüreğime. "Daveti kabul etmiş olmaktan hoşnutsun. Değiştin, ve bunun farkında değilsin."

Hayır, değiştiğim falan yok. Üzerimdeki gerginliği biraz attım, hepsi bu.

"Yerdeki çakıltaşlarına bak."

Hepsi yusyuvarlak, köşeleri aşınmış. Kaydırak taşına benziyor. Oysa burada hiç deniz olmadı, bu Navarra kırlarında.

"Çiftçilerin ayakları, hacıların ayakları, serüven peşinde koşanların ayakları aşındırdı bu taşları. Taşlar değişime uğradı, üzerinden geçip gidenler de."

"Bütün bildiklerini, yaptığın yolculuklar mı öğretti sana?"

"Hayır. Tanrı esininin mucizeleri."

Anlamadım, bu sözlerin anlamını derinleştirmeye de çalışmadım. Tepeden tırnağa güneşin ışığıyla, bu kır manzarasıyla ve ufuktaki dağlarla doluydum.

"Nereye gidiyoruz şimdi?" diye sordum.

"Hiçbir yere. Sabahın varlığından, güneşin ışığından yararlanıyoruz. Daha sonra, arabayla kat edeceğimiz uzun bir yolumuz var."

Bir an duraksıyor ve soruyor:

"Madalyon yanında mı?"

Evet, diyorum ve daha hızlı yürümeye başlıyorum. O konuya geri dönmesini, bu sabahın verdiği özgürlüğü ve zevki bozmasını istemiyorum.

Karşımızda bir kasaba beliriyor. Ortaçağ kasabaları gibi bir tepenin üstüne kurulmuş ve –uzaktan– kilisenin çan kulesini ve yıkık bir şatonun kalıntılarını seçebiliyorum. Şunu öneriyorum:

"Oraya kadar gidelim."

Duraksıyor, ama sonunda kabul ediyor. Yol üstünde küçük bir kilise var; o kiliseyi ziyaret etmek istiyorum. Dua etmesini bilmem, ama kiliselerin sessizliği bana her zaman huzur verir.

"Kendini suçlu hissetme," diyorum kendi kendime. "Âşıksa, onun sorunu bu."

Madalyonu sordu bana. Çok iyi biliyorum: Kahvede yarım bıraktığımız konuşmaya yeniden başlamayı umut ediyordu. Aynı zamanda, duymak istemediği şeyleri duymaktan da korkuyor; bu yüzden, daha ileri gidip konuyu yeniden açmıyor.

Beni gerçekten seviyor belki de. Ama biz bu aşkı başka bir şeye, daha derin bir şeye dönüştürmeyi başaracağız.

"Gülünç," diyorum, kendi kendime. "Aşktan daha derin hiçbir şey yoktur. Çocuk masallarında, prensesler kurbağalara öpücük verir ve kurbağalar sevimli prenslere dönüşür. Gerçek yaşamdaysa, prensesler prensleri öper ve prensler kurbağaya dönüşür."

Yarım saatlik bir yürüyüşten sonra küçük kiliseye varıyoruz. Merdivenin basamaklarına yaşlı bir adam oturmuş. Yola koyulduğumuzdan bu yana rastladığımız ilk insan bu, çünkü güz mevsiminin sonundayız ve tarlalar, kutsamasıyla toprağı verimli kılan ve insanların, alınlarının teriyle ondan besinini sağlamasını sağlayan Tanrı'nın özenine emanet edilmiş.

"Merhaba," diyor yaşlı adama.

"Merhaba."

"Bu kasabanın adı ne?"

"San Martín de Unx."

"Unx mu?" diyorum. "Cüce cinlerin adına benziyor!"

Yaşlı adam, şakayı anlamıyor. Adam biraz tedirgin gibi, kilisenin kapısına kadar ilerliyorum.

"İçeri giremezsiniz," diyor yaşlı adam. "Öğleleri kapalıdır. İsterseniz, saat dörtte gelebilirsiniz."

Kapı açık. Loş olduğundan içerisini iyi seçemiyorum.

"Yalnızca bir dakikalığına. Bir dua etmek istiyordum."

"Çok üzgünüm, ama kapalı."

Yaşlı adamla tartıştığımı işitiyor. Sesini çıkarmıyor.

"Peki, tamam, gidiyoruz," diyorum. "Tartışmayı sürdürmenin anlamı yok."

Gözlerini üstüme dikmeyi sürdürüyor, ama bakışları boş, uzak.

"Kiliseyi görmek istemiyor muydun?" diye soruyor.

Davranışımdan hoşlanmadığını biliyorum. Beni gevşek, korkak, istediği şeyi elde etmeyi beceremeyen bir kişi gibi görmüş olmalı. Öpücüğe gerek yok, prenses kurbağaya dönüşüyor.

"Dünü anımsa," diyorum. "Barda konuşmaya son verdin, tartışmaya niyetin yoktu çünkü. Ve şimdi, aynı şeyi ben yaptığımda, kızıyorsun."

Yaşlı adam bize bakıyor, ilgisiz. Seviniyor herhalde, çünkü tüm sabahların, öğleden sonraların ve akşamların birbirinin aynı geçtiği bir yerde gözlerinin önünde bir şeyler oluyor.

"Kilisenin kapısı açık," diyor, yaşlı adama dönerek. "Para istiyorsanız, verebiliriz. Bayan, kiliseyi görmek istiyor."

"Ziyaret vakti değil."

"Çok yazık, ama biz yine de giriyoruz."

Beni kolumdan tutuyor, birlikte içeri giriyoruz.

Kalbim daha kuvvetli atmaya başlıyor. Yaşlı adam kızabilir, zabıtayı çağırabilir, gezimizi berbat edebilir.

"Bunu neden yapıyorsun?"

"Çünkü sen bu kiliseyi görmek istiyorsun."

Ne var ki bu tartışma ve benim tutumum, sabahın neredeyse kusursuz olan büyüsünü bozdu.

Kulağım, dışarıdan gelecek seslerde. Yaşlı adamın uzaklaştığını, belediye zabıtasının geleceğini düşünüyorum her an. Kiliseye zorla girmek. Hırsızlık. Yasak olan bir şeyi yapıyoruz, yasaya karşı geliyoruz. Yaşlı adam, kapalı olduğunu söylemişti, ziyaret saati geçmişti. Zavallı bir ihtiyar, içeri girmemizi engelleyemeyecek kadar yaşlı; bu yüzden belediye zabıtası bize o ölçüde sert davranacak, çünkü saygısızlık ettik.

Kilisede, kendimi toparlayıp bütünüyle keyifli görünebilecek kadar bir süre kalıyorum. Kalbim o kadar hızlı çarpıyor ki, duyacak diye korkuyorum.

"Çıkabiliriz," diyorum, Meryem Ana'ya kısacık bir dua okumak için yeterli zamanın geçmiş olduğuna kanaat getirdikten sonra.

"Korkma Pilar. Figüranlık yapmak için bulunmuyorsun burada."

Yaşlı adamla benim aramda geçen bir şeyin, ikimizin arasındaki bir sorun haline gelmesini istemiyordum. Sakin olmam gerekiyordu.

"Ne demek istediğini anlamıyorum."

"Kimi insanların başkalarıyla arası bozuktur, kendileriyle arası bozuktur, yaşamla arası bozuktur. Bu kişiler tiyatro oynar ve oynadıkları oyunun metnini, yoksun bırakıldıkları şeye göre yazar."

"Böyle çok insan tanıyorum. Söz ettiğin şeyi de anlıyorum."

"Ama işin kötü yanı, bu kişilerin, yazdıkları oyunu tek başlarına oynayamamalarıdır," diye sürdürdü. "Dolayısıyla, başka oyuncuları da kendi oyunlarında rol almaya kışkırtırlar.

"Dışarıdaki adamın yaptığı da tam olarak bu. Hınç almak istiyordu, araç olarak da bizi seçti. Onun yasağına boyun eğmiş olsaydık, bunu yapmış olduğumuza şu anda pişmanlık duyacak, dayak yemiş gibi hissedecektik kendimizi. Onun hımbıl yaşamının ve yoksunluklarının bir parçası olmayı kabullenmiş olacaktık.

"Bu adamın saldırganlığı apaçık ortadaydı, dolayısıyla onun oyununa gelmemek bizim için kolay oldu. Ne var ki bazıları da, kendilerini kurban gibi gösterip yaşamın adaletsizliklerinden yakındıklarında, bizim kendilerine figüranlık etmemizi isterler. Onları onaylamamızı, düşüncelerine katılmamızı isterler."

Gözlerimin ta içine baktı.

"Dikkat et! Böyle bir oyuna katıldığımızda, her zaman zararlı çıkarız."

Haklıydı. Her şeye karşın, o kilisenin içinde kendimi çok huzurlu hissetmiyordum.

"Duamı yaptım. Yapmak istediğimi yaptım. Artık gidebiliriz."

Çıkıyoruz. İçerdeki loşlukla, dışarıda güneş ışığının şiddeti arasındaki karşıtlık, birkaç saniye gözlerimi kamaştırıyor. Gözlerim ışığa alışır alışmaz, yaşlı adamın ortadan kaybolduğunu fark ediyorum.

"Gidip yemek yiyelim," diyor, kasabaya yönelirken.

Yemek boyunca iki bardak şarap içtim. Yaşamım boyunca bu kadar çok içki içmemiştim. Alkolik olmak üzereyim.

"Amma da abarttım!"

Garson çocukla gevezelik ediyor. Böylece çevrede Romalılardan kalma birçok yıkıntının olduğunu öğreniyor. Konuşmalarını izlemeye çalışıyorum, ama kötü niyetimi gizlemeyi beceremiyorum. Prenses kurbağaya dönüştü. Ne önemi var? Her ne olursa olsun, birilerine bir şey kanıtlamak zorunda mıyım ben, mademki hiçbir şeyin peşinde değilim – ne erkek, ne de aşk?

"Biliyordum," diyorum, kendi kendime. "Kendi dünyamın dengesini bozacağımı biliyordum. Aklım beni uyardı, ama yüreğim ona kulak asmadı."

Şu anda elimde avucumda olana ulaşabilmek, çok şeye mal oldu bana, istediğim birçok şeyden vazgeçmek, önümde açılan birçok kapıya sırtımı dönmek zorunda kaldım. Daha büyük bir düşü gerçekleştirebilmek için, düşlerimi bir yana ittim: Huzur içinde bir ruha sahip olmaktı, bu büyük düş. O huzurdan vazgeçmek istemiyorum.

"Çok gerginsin," dedi, garsonla konuşmasını keserek.

"Evet, doğru. O yaşlı adamın zabıtaya haber vermeye gittiğini sanıyorum. Bu kasabanın çok küçük olduğunu ve bizim nerede olduğumuzu bildiklerini sanıyorum. Burada yemek yeme konusundaki ısrarının tatilimizi sona erdireceğini düşünüyorum."

Madensuyu dolu bardağını parmaklarının arasında döndürüyor durmadan. Bu sıraladıklarımın, gerginliğimin gerçek nedenleri olmadığını çok iyi bilmesi gerekiyor; aslında utanıyorum. Bunu kendimize neden yapıyoruz? Neden gözümüzün içindeki toz tanesini görüyor da, şu dağları, şu tarlaları ve şu zeytin ağaçlarını görmüyoruz?

"Dinle," dedi, "böyle bir şeyi yaşamımızda bir daha yaşamayacağız. Yaşlı adam evine döndü, olup biten de aklından çoktan çıktı. İnan bana."

Düşünüyorum: "Gerginliğimin nedeni bu değil, ahmak çocuk!"

"Yüreğini dinle daha çok," diyor yine.

"Ben de öyle yapıyorum, yüreğimi dinliyorum. Ve buradan gitmeyi yeğliyorum. Burada kendimi rahat hissetmiyorum."

"İçmeyi bırak. Bu bir işe yaramaz."

Şu ana kadar kendimi tutmayı başardım. Şimdiyse, yüreğimde ne varsa ortaya dökmek daha iyi olacak:

"Her şeyi bildiğini düşünüyorsun sen. Bize, büyülü anlardan söz ettin, her birimizin içinde yaşamayı sürdüren unutulmuş çocukluk döneminden... Benim yanımda ne aradığını anlayamıyorum."

Gülüyor.

"Seni hayranlıkla izliyorum. Yüreğine karşı verdiğin savaşımı hayranlıkla izliyorum."

"Hangi savaşımı?"

"Hiç."

Ama onun ne demek istediğini çok iyi biliyorum.

"Boş düşler kurma. İstiyorsan, bu konuda konuşabiliriz. Duygularım hakkında yanılıyorsun."

Bardağı döndürmeyi kesip yüzüme bakıyor:

"Hayır kurmuyorum. Beni sevmediğini biliyorum."

Birden, ne yapacağımı daha da bilemez hale geliyorum.

"Ama, savaşmayı sürdüreceğim. Yaşamda, sonuna kadar savaş vermeye değen şeyler vardır."

Verecek bir cevap bulamıyorum.

"Ve sen, buna değersin."

Gözlerimi kaçırıyor, lokantanın dekorasyonuyla ilgileniyormuş gibi yapıyorum. Kendimi kurbağa gibi hissediyordum, yeniden prenses oluyorum. Düşünüyorum: "Söylediklerine inanmak istiyorum." Bu arada, balıkçı teknelerini, balıkçıları gösteren bir tabloya bakıyorum. "Bu bir şeyi değiştirmeyecek, ama ben en azından kendimi bu kadar kırılgan, bu kadar acınası hissetmeyeceğim."

"Bu saldırgan davranışım için beni bağışla," diyorum.

Gülümsüyor; garsonu çağırıp hesabı ödüyor.

Dönüş yolunda, kendimi kafası daha da karışmış hissediyorum. Belki de güneşten? Hayır, sonbahardayız, güneş hiç de yakıcı değil. Öyleyse o yaşlı adam? Ama onun varlığını unutalı epey oluyor. Belki de bana yeni olan her şey yüzünden. Yeni ayakkabı, insanı huzursuz eder. Yaşam da bundan farklı değil: Bizi gafil avlıyor ve istemediğimiz halde, gerek duymadığımız halde bilinmeyene doğru yürümeye zorluyor.

Dikkatimi manzarada toplamak istiyorum, ama zeytin ağaçları dikili arazileri, tepenin üstündeki kasabayı, önünde yaşlı adamın durduğu küçük kiliseyi seçemiyorum bir türlü. Bütün bunlara aşina değilim.

Dünkü sarhoşluğumu düşünüyorum ve onun söylediği şarkıyı:

Las tardecitas de Buenos Aires tienen este no sé...
¿qué sé yo?
Viste, salí de tu casa por Arenales.[1]

1. (İsp.) "Buenos Aires akşamlarında sezemediğim bir şey var...
Ama ne?
Gördün işte, senden çıkıp Arenales Sokağı'na girdim." (Ç.N.)

Neden Buenos Aires, oysa biz Bilbao'daydık? O Arenales Sokağı da neyin nesi? Ne demek istiyordu? Soruyorum ona.

"Dün söylediğin şarkı neydi?"

"*Balada para um luoco.*[1] Peki, bu soruyu bana neden bugün soruyorsun?"

"Hiç."

Tabii ki hiç değil, bir nedeni var. Neden söylediğini biliyorum, bir tuzaktı o şarkı. Sözlerini bana ezberletti – oysa sınavım için ezbere bilmem gereken o kadar çok şey vardı ki. Daha çok bilinen bir şarkı seçebilirdi, binlerce kez dinlediğimiz bir şarkı, ama benim bilmediğim bir şarkıyı seçti.

Bu bir tuzak. Böylelikle, daha sonra bu şarkı radyoda çaldığında ya da plağı pikaba konduğunda onu anımsayacağım, Bilbao'yu, ilkbahara dönüşen bu hazan mevsimini. Bu heyecanı, bu serüveni ve içimde Tanrı'nın bildiği bir yerde yeniden canlanan o çocuğu.

Bütün bunları önceden düşündü. Kafa yordu, deneyimi var bu konuda, bunları daha önce de yaşadı, arzu ettiği kadının kalbini nasıl fethedeceğini biliyor.

"Keçileri kaçırıyorum," diyorum kendi kendime. İki gün üst üste şarap içtim diye alkolik olduğumu sanıyorum. Bana öyle geliyor ki, ipleri elinde tutmasını biliyor; beni denetimi altında tutuyor ve yumuşaklığıyla yönlendiriyor.

"Yüreğine karşı verdiğin savaşımı hayranlıkla izliyorum," dedi lokantada.

Ama yanılıyor. Çünkü bu savaşımı ben daha önce yaptım ve yüreğime söz dinlettiğimden bu yana uzun bir zaman geçti. Erişilmez bir aşka düşmeyeceğim. Sınırlarımı biliyorum ben, acıya nereye kadar katlanabileceğimi de.

Arabaya dönerken, bir şeyler söylemesini istiyorum ondan.

1. (İsp.) Delinin Baladı. Aynı zamanda şarkının adı. (Ç.N.)

"Neyi?"
"Ne olursa. Konuş benimle."
Meryem Ana'nın Fatima'ya nasıl birçok kez göründüğünü anlatmaya başlıyor. O konuyu neden açtığını bilemiyorum, ama o "üç çoban" öyküsü havayı değiştiriyor.
Yüreğim, yavaş yavaş huzur buluyor. Evet, sınırlarımı biliyorum ben, kendimi frenlemeyi de.

Oraya vardığımızda, yoğun bir sis vardı, öyle ki, çevremizi hayal meyal görebiliyorduk. Bir küçük meydan, bir sokak lambası, lambanın ölü, sarı ışığıyla aydınlanmış birkaç Ortaçağ evi ve bir kuyu.

"Sis var!" dedi, büyük bir heyecanla. "Saint-Savin'deyiz."

Bu ad bana bir şey ifade etmiyordu. Ama Fransa'daydık, bu beni de heyecanlandırıyordu.

"Neden buradayız?"

"Sana satmak istediğim ev yüzünden," diye cevapladı gülerek. "Ayrıca, Meryem Ana Bayramı'nda burada olmaya söz vermiştim."

"Burada mı?"

"Buraya yakın bir yerde."

Arabayı durdurdu. İndiğimizde, elimden tuttu ve yürümeye başladık.

"Burası, yaşamıma hiç beklemediğim bir biçimde girdi," dedi.

"Sen de benim," diye düşündüm.

"Burada, bir gün, yolumu kaybettiğimi sandım. Aslına bakılırsa, yolumu yeniden bulmuştum."

"Bilmece gibi konuşuyorsun."

"Senin yokluğunu ne çok hissettiğimi işte burada anladım."

Yeniden çevreme bakındım. Bunları neden söylediğini anlayamıyordum.

"Bunun, senin yolunla ne ilgisi var?"

"Kalacak bir oda bulalım. Bu kasabada yalnızca iki otel var, onlar da yazın açık. Daha sonra, iyi bir lokantada yemek yeriz. Huzursuzluk duymadan, belediye zabıtasından korkmadan, arabaya koşarak dönmek zorunda kalmadan. Şarap dilimizi çözdüğünde de uzun uzun konuşuruz."

Birlikte güldük. Gerginliğim geçmeye başlamıştı. Yolda gelirken, kafama taktığım şeylerin saçma olduğunun farkına varmıştım. Fransa'yı İspanya'dan ayıran dağları aşarken de ruhumu gerginlikten ve korkudan arındırması için Tanrı'ya dua etmiştim.

Küçük kız tavırları takınmaktan, erişilmez aşklardan korkan, ama bu "erişilmez aşk"ın ne olduğunu da tam olarak bilemeyen birçok kız arkadaşım gibi davranmaktan bıkmıştım. Böyle sürdürecek olursam, önümdeki birkaç günün bana getirebileceği tüm iyi şeylerden yoksun kalacaktım.

"Dikkat et!" demiştim kendi kendime. "Barajdaki çatlağa dikkat et. Çatlama olursa, bu çatlağı hiçbir yapıştırıcı kapatamaz."

"Bakire Anamız, bundan böyle koru bizi," demişti.

Hiç karşılık vermedim.

"Neden amin demedin?"

"Çünkü bunu söylemenin anlamı olduğunu sanmıyorum. Yaşamımın bir döneminde dinin benim için önemi vardı. Ama bu artık geçmişte kaldı."

Döndü, arabaya geri geldik.

"Hâlâ dua ediyorum," diye sürdürdüm. "Fireneler'i geçtiğimiz sırada dua ettim, ama öylesine. Hâlâ inançlı olduğumdan emin değilim."

"Neden?"

"Çünkü acı çektim ve Tanrı bana kulak vermedi. Çünkü –yaşamım boyunca birçok kez– tüm kalbimle sevmek istedim, ama sonunda aşkım ayaklar altına alındı, aşkıma ihanet edildi. Tanrı, aşkın kendisidir, bu duygular içindeyken, yardımını esirgemeyebilirdi benden."

"Tanrı aşktır. Ama bu konularda Bakire Anamız bize daha yakındır."

Kahkahayı bastım. Gözlerimi ona yeniden çevirdiğimde, ciddi olduğunu gördüm. Şaka yapmıyordu.

"Bakire Anamız, kendini bütünüyle veren insanın gizlerini bilir," diye sürdürdü. "Ve sevdiği, acı çektiği için de bizi acılardan kurtarmıştır. İsa'nın bizi günahlarımızdan kurtardığı gibi."

"İsa, Tanrı'nın oğluydu. Bakire Anamıza gelince; yalnızca onu karnında taşıma lütfuna erişti."

İçimden birdenbire gelen o kahkahayı bağışlatmak, onun inancına saygı duyduğumu göstermek istiyordum. Ne var ki inanç ve aşk tartışılamazdı, özellikle de böyle güzel ve küçük bir kasabada.

Arabanın bagaj kapağını açıp çantalarımızı çıkarttı. Kendi çantamı almak istediğimde gülümsedi:

"Bırak ben taşıyayım."

"Birinden böyle bir davranış görmeyeli ne kadar zaman oldu?" diye düşündüm.

Evlerden birinin kapısını çaldık; kadın, oda vermiyordu. Bir başka evin kapısını açan bile olmadı. Üçüncü evde, çok sevimli, ufak tefek bir yaşlı adam, bizi kibarca karşıladı, ama bize gösterdiği odaya gidip baktığımızda, iki kişilik tek bir yatak olduğunu gördük. Ben kabul etmedim.

"Daha büyük bir kente gitseydik, belki daha iyi olurdu," dedim, dışarı çıktığımızda.

"Bir oda bulacağız. Öteki'nin öyküsünü bilir misin? Yüz yıl önce kaleme alınmıştır, yazarı da.."

"Yazarını bırak da öyküyü anlat bana," dedim, Saint-Savin'in tek meydanını geçtiğimiz sırada.

"Adamın biri, uzun süreden beri tanıdığı bir dostuna rastlar; dostu, yaşamda yolunu çizememiş biri izlenimi vermektedir. 'Ona biraz para vermem gerekecek,' diye düşünür. Ama o akşam, dostunun zenginleştiğini ve o zamana kadar aldığı borçların tümünü ödemeye kadar vermiş olduğunu anlar.

"Sık sık uğradıkları bir bara giderler ve bu dost, oradaki herkese içki ısmarlar. Bu ani zenginliğin kaynağını sorduklarında, onlara, son günlere kadar 'Öteki'ni yaşadığını' söyler.

"İyi de, kim bu Öteki? diye sorarlar adama.

"'Öteki, bana olmayı öğrettikleri, ama ben olmayan kişidir,' der. 'İnsanların, yaşamları boyunca –yaşlandıklarında açlıktan ölmek istemiyorlarsa– nasıl para kazanmaları gerektiğini düşünmek zorunda olduklarına inanır. Ne kadar çok düşünürlerse, o kadar çok plan yaparlar; yaşayan birer varlık olduklarını da, vadeleri dolmak üzereyken anlarlar ancak. O zaman da artık iş işten geçmiştir.'

"'Peki, sen kimsin?'

"'Ben, aranızda yüreğinin sesini dinleyen herhangi biri gibiyim. Yaşamın gizi karşısında gözleri kamaşan, mucizelere açık, yapıp ettiklerinden sevinç ve heyecan duyan biriyim. Ne var ki şimdiye kadar Öteki, düş kırıklığına uğrama korkusuyla elimi kolumu bağlıyordu.'

"'İyi ama, insanlar acı çekmeyi sürdürüyor,' diye karşılık verir oradakilerin hepsi.

"'Sürüp giden, başarısızlıklardır. Bundan kimse paçasını kurtaramaz. İnsanın, düşlerini gerçekleştirmek adına verdiği savaşımda bazı başarısızlıklara uğraması, ne uğruna savaştığını bilmeden yenilgiye uğramaktan daha iyidir.'

"'Hepsi bu mu?' diye sorar, bardaki müşteriler.

"'Evet. Bu keşfi yaptıktan sonra gözüm açıldı ve gerçekte her zaman olmak istediğim kişi olmaya karar verdim. Öteki, orada, odamın içinde bana bakakaldı, ama yeniden içime girmesine izin vermedim, zaman zaman, geleceğimi düşünmemekle kendimi tehlikeye attığımı anımsatarak beni korkutmaya kalkmasına karşın buna izin vermedim. Öteki'ni yaşamımdan çıkarıp attığım günden beri, Tanrı'nın gücü mucizelerini göstermeye başladı.'"

"Bu öyküyü onun uydurduğunu sanıyorum. Güzel bir öykü belki, ama gerçek değil." Geceyi geçirecek bir yer aramayı sürdürürken, böyle düşündüm. Saint-Savin'deki evlerin sayısı otuzu geçmiyordu, biraz sonra, benim düşündüğümü yapmak, bir başka kente gitmek zorunda kalacaktık.

O istediği kadar coşkulu olsun, yaşamından Öteki'ni ne kadar uzaklaştırmış olursa olsun, Saint-Savin oturanları, onun düşünün bu gece burada yatmak olduğunu bilmiyordu ve ona yardımcı olmayacaklardı, buna kuşku yoktu. Bununla birlikte, o öyküde kendimi görür gibi oluyordum; korkular içinde olan, kendine yeterince güvenmeyen, yarın her şeyin bitebileceğini ve acı çekeceğini düşündüğünden, kendini olağanüstü her şeye başını döndürüp bakmamaya zorlayan biri.

Tanrılar zarları atar ve bunu yaparken bize, oynamak isteyip istemediğimizi sormazlar. Bir erkeği, bir yuvayı, bir işi, bir mesleği, bir düşü terk etmiş olmanızla ilgilenmezler. Sizin her şeyin yerli yerinde olduğu bir yaşamınız olması, her arzunun çalışmakla ve direngenlikle gerçekleştirilebileceği umurunda değildir tanrıların. Tanrılar, bizim ne tasarılarımızdan, ne de umutlarımızdan kaygı duyar; evrene zarları atarlar – ve bu, rastlantı sonucu size rastlar. O andan başlayarak, kazanmak ya da kaybetmek bir şans işidir.

Tanrılar zarları atar ve kafesinde kapalı duran aşkı azat eder. Bu güç, yaratıcı ya da yok edici olabilir; kafesinden çıktığı sırada, rüzgârın hangi yönde estiğine bağlıdır her şey.

Bu güç, o sırada ona doğru esmekteydi. Ne var ki rüzgârlar, tanrılar kadar kaprislidir – ve ta içimde bir yerlerde fırtınaların koptuğunu hissetmeye başlıyordum.

Yazgı bana, Öteki'nin öyküsünün doğru olduğunu –ve evrenin her zaman, düş kuranın yanında olduğunu– göstermek istiyordu ki, kalabileceğimiz, iki yataklı odası olan bir ev bulduk. Önce bir duş aldım, üstümdekileri yıkadım ve satın almış olduğum tişörtü giydim. Kendimi taptaze hissettim, bu da bana yeniden güven verdi.

"Gerçekten varsa, Öteki bu tişörtü sevmezdi," dedim kendi kendime, gülerek.

Ev sahipleriyle birlikte yenen akşam yemeğinden sonra (Lokantalar da sonbahar ve kış mevsimlerinde kapalıydı.), onlardan bir şişe şarap istedi ve ertesi gün yenisini alacağına söz verdi. Ceketlerimizi sırtımıza geçirdik, verdikleri iki kadehi alıp dışarı çıktık.

"Gidip kuyunun yanına oturalım," dedim.

Orada kaldık, soğuğu hissetmemek ve gevşemek için içtik.

"Öteki, sanki dönüp senin içine girdi," dedim, şaka olsun diye. "Keyfin yerine gelmiyor bir türlü."

Güldü.

"Bir oda bulacağımızı söylemiştim, öyle oldu. Evren her zaman, istediği kadar saçma görünsün, düşlerimizi gerçekleştirmek için verdiğimiz savaşımda bizim yanımızdadır. Çünkü onlar bizim düşlerimizdir ve o düşleri kurmanın bize nelere mal olduğunu yalnızca biz biliriz."

Sokak lambasının sarıya döndürdüğü sis tabakası, meydanın karşı tarafını görmemize izin vermiyordu.

Derin bir soluk aldım. Olacakları ertelemeye artık olanak yoktu.

"Aşk hakkında konuşmaya karar vermiştik," diye başladım söze. "Bunu yapmayı daha fazla savsaklayamayız. Son günleri nasıl yaşadığımı biliyorsun. Yalnızca bana kalsaydı, bu konuyu açmazdık. Ama bir kez açıldığına göre, üstünde kafa yormaktan kendimi alıkoyamam."

"Sevmek tehlikelidir."

"Biliyorum bunu. Daha önce birini sevdim. Sevmek, uyuşturucu almak gibidir. Başlangıçta kendini iyi hissedersin, bütünüyle verirsin. Ertesi gün, daha fazlasını istersin. Henüz zehirlenmemiş, o duygudan hoşlanmışsındır ve onun üzerindeki egemenliğini sürdürebileceğini sanırsın. Sevdiğin kişiyi iki dakika düşünür, sonraki üç saat boyunca unutursun.

"Ama, yavaş yavaş onun varlığına alışır, ona bütünüyle bağımlı hale gelirsin. Böylece, onu üç saat düşünüp iki dakika unutmaya başlarsın. Yakınında değilse, bağımlılarının uyuşturucu bulamadıkları zaman hissettikleri şeyi hissedersin. Uyuşturucu bağımlılarının, gerek duydukları şeyi bulamadıkları zaman hırsızlık yaptıkları, kendilerini aşağıladıkları gibi, aşk için her şeyi yapmaya sen de hazırsındır."

"Ne korkunç bir benzetme!" diye bağırdı.

Gerçekten de, içtiğimiz şarapla, başında oturduğumuz kuyu ile, küçük meydanın çevresini saran Ortaçağ evleriyle bağdaşmayan korkunç bir benzetmeydi. Ama doğruydu. Aşkı yüceltmek için ileri sürdüğü bunca şeyden sonra, tehlikelerine de kafa yorması gerekiyordu.

"İşte bu yüzden, seveceğimiz kişi, yanımızda tutabileceğimiz kişi olmalı," diyerek bağladım.

Uzun süre sise baktı. Bu kez, aşk konusunda bir tartışmanın tehlikeli sularında yeniden yol almaya başladığımızı söylemeyecekti, bu açıktı. Katı davrandığımı biliyordum, ama elimden başka bir şey gelmiyordu.

"Böylece, bu iş rafa kalktı," dedim kendi kendime. Son üç günü birlikte yaşamış olmamız –üstüne üstlük beni hep aynı kıyafet içinde görmüş olması–, bu konudaki düşüncesini değiştirmeye yetmiştir.

Kadınlık gururum incinmişti, ama bir bakıma içim rahat etti. "İstediğim gerçekten bu mu?"

Daha şimdiden, aşk rüzgârlarının getirmekte olduğu fırtınaları hissediyordum. Barajın duvarında küçük bir çatlak oluşmuştu, bunu fark etmeye başlıyordum.

Ciddi şeylerden söz etmeksizin uzun süre içtik. Ev sahiplerimizden konuştuk, o kasabayı kuran aziz kişiden. Meydanın öteki yanında, kiliseyle ilgili bazı efsaneleri anlattı bana.

"Dalgınsın," dedi birden.

Doğruydu, aklım başka yerlerdeydi. O anda orada, yüreğimi huzursuz kılmayan bir erkekle, o anı, ertesi gün kendisini yitireceğimden korkmadan yaşayabileceğim bir erkekle beraber olmak isterdim. Böylece zaman daha yavaş akıp giderdi, yan yana suskun kalabilirdik, çünkü önümüzde, o anı yeniden konuşabilmek için tüm bir yaşam olurdu. Ciddi şeylerden kaygı duymam, zor seçimler karşısında kararlar almam, katı sözler etmem gerekmezdi.

Susuyoruz – ve bu, bir şeyin belirtisi. Bir şişe daha şarap bulmak için yerinden doğrulduğunda, susmakta olduğumuzun farkına belli belirsiz varıyorum.

Susuyoruz. Bir saati aşkın bir süredir, içerek ve sisi seyrederek başında oturduğumuz kuyuya doğru yaklaşan ayak seslerini duyuyorum.

İlk kez, gerçek bir suskunluk içindeyiz. Madrid'den Bilbao'ya gelirken, arabanın içindeki zorlama sessizlik değil bu. San Martín de Unx yakınındaki kilisenin içinde, korkuya kapılmış yüreğimin korkusu değil bu.

Bana, birbirimize açıklama yapmaya artık gerek kalmadığını söyleyen bir suskunluk.

Ayak sesleri kesildi. Bana bakıyor – ve gördüğü şeyin güzel olması gerekiyor: Sisli gecede, lambanın ışığında, kuyunun kenarına oturmuş bir kadın.

Ortaçağ evleri, on birinci yüzyıldan kalma kilise, ve sessizlik.

Konuşmaya karar verdiğimde, ikinci şişenin neredeyse yarısını boşaltmıştık:

"Bu sabah, alkolik olmaya başladığımın farkına varmıştım. Gün boyunca içmekten başka bir şey yapmıyorum. Son üç günde, geçen yıl boyunca içtiğim içkiden daha fazlasını içtim."

Bir şey söylemeksizin elini başımda gezdirdi. O hafif okşamayı hissediyor, engellemek için hiçbir şey yapmıyorum. Soruyorum ona:

"Bana biraz kendi yaşamını anlat."

"Yaşamımda büyük bir giz perdesi yok. Kendime çizdiğim bir yol var, o yolu onurlu biçimde izlemek için elimden geleni yapıyorum."

"Nedir o yol?"

"Aşkı arayan kişinin yolu."

Kısa bir süre elindeki şişeyle oynuyor. Sonra, kestirip atmak için şunu ekliyor:

"Aşkın yoluysa, karmaşık."

"Çünkü o yolun üstünde karşımıza çıkan şeyler bizi ya cennete götürüyor ya cehenneme çekiyor," diyorum, bunları söylerken beni düşünüp düşünmediğini bilemeden.

Susuyor. O, belki sessizlik okyanusuna gömüldü, ama şarap benim dilimi yeniden çözdü; konuşmak geliyor içimden.

"Bir şeyin burada, bu kasabada, senin yönünü değiştirmene yol açtığını söyledin."

"Bunun doğru olduğunu sanıyorum. Tam olarak emin değilim henüz, seni de buraya kadar işte bu yüzden getirdim."

"Bu bir sınama mı?"

"Hayır. Bir inanç edimi. Bana, en doğru kararı almamı sağlaması için."

"Kim sağlayacak?"

"Meryem Ana."

Meryem Ana. Bunu anlamalıydım. Bunca yıllık yolculukların, keşiflerin, önünde açılan yeni ufukların, onu çocukluğundaki Katoliklikten kurtaramamış olması beni etkiledi. Ben ve dostlarım, en azından bu konuda büyük evrim geçirmiştik, sırtımızda hataların ve günahların yüküyle yaşamıyorduk.

"Yaşadığın bunca şeyden sonra aynı inancı korumuş olman, en azından çok olağanüstü."

"Koruyamadım. Onu yitirdim, sonra yeniden buldum."

"Peki, Bakirelere olan inancın? Olmayacak, gerçekdışı şeylere inanman? Etkin bir cinsel yaşamın olmuştur, öyle sanıyorum?"

"Normal. Birçok kadına âşık oldum."

Belli belirsiz bir kıskançlık duyuyorum ve bu beni şaşırtıyor. Öte yandan, içimde kendimle verdiğim savaş yatışmış görünüyor ve o savaşı yeniden alevlendirmek istemiyorum.

"İyi ama neden 'Bakire' o? Meryem Anamızı bize neden normal, her kadına benzer bir kadın olarak anlatmıyorlar?"

Şişede kalan biraz şarabı da içip bitiriyor. Gidip bir şişe daha alır mı, diye soruyorum kendime. Hayır, diyorum.

"Bana kesin bir cevap vermeni istiyorum. Bazı konular açıldığında, konuşmayı başka yönlere çekiyorsun."

"Normal bir kadındı. Başka çocukları da oldu. İncil

bize, İsa'nın iki erkek kardeşi daha olduğunu söylüyor. İsa'ya hamile kalması konusunda sözü edilen bekâret, Meryem'in hamileliği ile birlikte, Tanrı'nın yeni bir lütuf dönemi başlattığını açıklıyor bize. Onunla birlikte yeni bir dönem başlıyor. O, böylelikle kozmik nişanlı, yani Yeryüzü niteliğine bürünüyor – gökyüzüne açılan ve döllenen.

"O anda, yürekliliği, kendi yazgısını kabullenme yürekliliği yüzünden, Tanrı'nın Yeryüzüne inmesini sağlıyor. Ve Anaların Anası'na dönüşüyor."

Söylediklerini izlemekte zorluk çekiyorum. Bunun farkına varıyor.

"O, Tanrı'nın kadın yüzü. Kendine ait bir kutsallığı var."

Konuşma biçiminden, gerginlik içinde olduğu anlaşılıyor; sözcükler ağzından neredeyse zorla çıkıyor, günah işliyormuş gibi. Soruyorum:

"Bir tanrıça mı?"

Biraz bekliyorum, söyleyeceklerini daha iyi ifade etmesi için, ama o, sözü daha ileri götürmüyor. Birkaç dakika önce, onun Katolik inancı hakkında ironik düşüncelerim vardı. Şimdiyse, ağzından çıkan sözler "küfür" gibi geliyor bana.

"Bakire kim? Tanrıça ne?"

Konuya dönen, ben oluyorum.

"Açıklaması güç," diyor, giderek daha huzursuz. "Üzerimde, metinden bazı parçalar var. Onları okuyabilirsin, istersen."

Üsteliyorum: "Şu anda bir şey okumak istemiyorum. Açıklamayı senin yapmanı istiyorum."

Şarap şişesini arıyor, ama şişe boş. Bizi bu kuyunun başına kadar getiren şeyin ne olduğunu artık anımsamıyoruz. Burada önemli bir şey var – onun sözleriyle bir mucize gerçekleşecek sanki. Yeniden üsteliyorum:

"Devam et."

"Onun simgesi su, bu suyu çevreleyen sis. Tanrıça, varlığını bize hissettirmek için, sudan yararlanıyor."

Onun sözlerini çok iyi kavrayamıyordum ama, su canlanıyordu sanki, kutsallık kazanıyordu.

"Sana tarih dersi vermeye kalkmayacağım. Bu konuda daha fazla bilgi edinmek istiyorsan, yanımda getirdiğim metni okumalısın. Ama şunu bil ki o kadın –Tanrıça, Bakire Meryem, Yahudiliğin Şehinşahı, Anaların Anası, İsis, Sophia, hem köle hem efendi olan o kadın– yeryüzünde her yerde aynı anda var. Göz ardı edildi, yasaklandı, biçim değiştirdi, ama onun kültü binlerce yıla meydan okudu ve günümüze kadar ulaştı.

"Tanrı'nın yüzlerinden biri, onun kadın yüzüdür."

Yüzüne baktım. Parlayan gözlerini karşımızda duran sise dikmişti. Sözlerini sürdürmesini istememe gerek kalmamıştı.

"Onun varlığı, İncil'in, Tanrı'nın Ruhu'nun suların üstünde dolaştığı, o suları yıldızların altına ve üstüne yerleştirdiği anlatılan birinci babında anlatılıyor. Buysa, Yeryüzü ile Gökyüzü'nün mistik birleşmesidir.

"İncil'in son babındaki şu sözlerde vardır:

> "...Ve Ruh ve gelin: Gel, diyorlar. Ve işiten: Gel, desin. Ve susayan gelsin; isteyen meccanen hayat suyu alsın."[1]

"Tanrı'nın kadın yüzünün simgesi neden su?"

"Bilmiyorum. Ama kendini bizlere belli etmek için genellikle suyu seçiyor. Belki de su yaşam kaynağı olduğundandır; suyun içinde yaşam bulduğumuzdan, dokuz ay boyunca o suyun içinde kaldığımızdandır. Su, kadın gücünün simgesidir, hiçbir erkeğin –ne kadar aydınlanmış, ne kadar kusursuz olursa olsun– ulaşmayı düşleyemeyeceği bir güçtür bu."

Bir an duruyor, sonra sürdürüyor:

"Her dinde, her gelenekte, şöyle ya da böyle her zaman karşımıza çıkıyor. Ben Katolik olduğum için bana,

1. Kitabı Mukaddes Eski ve Yeni Ahit, Bab 22/17, Kitabı Mukaddes Şirketi, İstanbul, 1997, s. 274. (Y.N.)

Bakire Meryem'in önünde bulunduğumda beliriyor."

Beni elimden tutuyor ve yürüyerek Saint-Savin'in dışına çıkıyoruz; beş dakika sürmüyor bu. Yolun kıyısında bulunan, tepesinde, İsa'nın heykelinin olması gereken yerde, tuhaf bir biçimde haç ve Bakire Meryem heykeli bulunan bir sütunun önünden geçiyoruz. Bana söyledikleri aklımda ve bu rastlantı beni şaşırtıyor.

Karanlık ve sis şimdi çevremizi bütünüyle sarıyor. Suyun içinde, zamanın ve düşüncenin var olmadığı ana rahminde olduğumu düşlüyorum. Söylediği sözlerin bir anlamı, ürperten bir anlamı varmış gibi geliyor bana. Onun yaptığı konuşmayı dinleyen kadını anımsıyorum. Beni meydana kadar götüren genç kızı anımsıyorum. Suyun, Tanrıça'nın simgesi olduğunu o da söylemişti.

"Buradan yirmi kilometre uzakta bir mağara var," diye sürdürdü. "11 Şubat 1858'de, küçük bir kız, iki arkadaşıyla birlikte o mağaranın yakınında odun topluyordu. Astımlı, çelimsiz, yoksul denecek kadar her şeyden yoksun küçücük bir kızcağız. Mevsim kıştı; o gün, küçük bir derenin karşı kıyısına geçmeye korktu: Üstünü başını ıslatabilir, hastalanabilirdi; annesiyle babasının, onun çobanlık yaparak kazandığı birazcık paraya ihtiyacı vardı.

"Tam bu sırada, beyazlara bürünmüş bir kadın belirdi, ayaklarında altın sarısı iki gül vardı. Çocukla, bir prenses edası içinde konuşarak, oraya 'lütfen' sık sık gelmesini söyledi ve ortadan kayboldu. Küçük kızın o anda kendinden geçtiğini gören öteki kızlar, olup biteni herkese anlatmakta gecikmediler.

"O andan sonra, küçük kız için uzun bir cehennem azabı başlamış oldu. Bir yere kapattılar onu, her şeyi yadsımaya zorladılar. Kandırmak için, kendisine beliren varlıktan özel bazı lütuflar istemesi için para önerdiler ona. İlk günlerde, ailesine herkesin önünde küfürler edildi: Küçük kızın bütün bunları dikkat çekmek için söylediği ileri sürülüyordu.

"Adı Bernadette olan küçük kızın, kendisine görünen varlık hakkında en küçük bir fikri bile yoktu. Ondan söz ederken, köylü şivesiyle 'o şey' diyordu ve bu durumdan bunalan annesiyle babası, yardım dilemek için köyün papazına gitti. Papaz, kadının bir sonraki görünüşünde küçük kızın, ona adını sormasını istedi.

"Bernadette, papazın söylediğini yaptı, ama aldığı tek cevap, gülümseme oldu. O varlık ona, toplam on sekiz kez göründü; bu belirmelerin çoğunda tek bir söz bile söylemedi. Bu karşılaşmaların birinde küçük kıza, toprağı öpmesini söyledi. Bernadette, hiçbir şey anlamaksızın, kendisine buyurulan şeyi yaptı. Bir gün de çocuğa, mağaranın zemininde bir çukur kazmasını söyledi. Bernadette, söyleneni yaptı ve kazdığı yerden çamurlu bir su kaynamaya başladı; bu mağara, domuz sığınağı olarak kullanılıyordu.

"'*İç o suyu,*' dedi kadın.

"Su o kadar kirliydi ki Bernadette, avucuna üç kez su aldı, ama ağzına götürmeye cesaret edemedi. Sonunda buyruğa uydu, ama tiksinerek. Onun kazdığı yerden artık bir su kaynamaktaydı. Kör bir adam, bu sudan yüzüne birkaç damla sürdü ve gözleri açıldı. Yeni doğan çocuğunun can çekiştiğini gören umutsuz bir kadın, bebeğini –suyun ısısının sıfırın altına düştüğü bir gün– suya batırdı ve bebek iyileşti.

"Haber yavaş yavaş herkese yayıldı ve çevreye binlerce insan üşüştü. Küçük Bernadette, kadının adını öğrenme çabasını sürdürüyordu, ne var ki o gülümsemekle yetiniyordu. Ta ki günün birinde o varlık, çocuğa dönüp şunları söyleyinceye kadar:

"'Ben, Günahsız Gebe, Meryem Ana'yım.'

"Çok sevinen küçük kız, koşarak gidip bu haberi papaza ulaştırdı.

"'Böyle bir şey olamaz,' dedi papaz. 'Hiç kimse, aynı zamanda hem ağaç hem meyve olamaz, yavrum. Oraya geri dön ve o kadının üstüne kutsal sudan at.'

"Papaz için, başlangıçtan bu yana yalnızca Tanrı var olabilirdi – Tanrı'ysa, her yerde belirtileri görüldüğü gibi, erkekti."

Uzun süre konuşmadı.

"Bernadette, o varlığın üzerine kutsal sudan attı, o ise ona tatlılıkla gülümsedi. Başka bir şey yapmadı.

"16 Temmuz'da son bir kez göründü. Kısa bir süre sonra da Bernadette manastıra kapandı, mağaranın yakınındaki bu küçük köyün kendi yazgısını tümüyle değiştirdiğinin farkında değildi. Su, yerden kaynamaya devam etti, mucizeler de birbirini izledi.

"Bu öykü önce Fransa'da dilden dile dolaştı, sonra tüm dünyada. Köy büyüdü, gelişti. Tüccarlar gelip her yana yerleşti. Oteller açıldı. Bernadette öldü ve ne olup bittiğinden habersiz, buradan uzak bir yere gömüldü.

"Bazı kişiler, kiliseyi zor durumda bırakmak için (Çünkü o sırada Vatikan, insanlara görünen varlıkların varlığını kabul ediyordu.) sahte mucizeler uydurmaya başladı, ama bunların daha sonra maskesi düştü. Kilise sert önlemler aldı: Belirli bir tarihten sonra, ancak tıbbi ve bilimsel kurullar tarafından bir dizi ciddi incelemeye tabi tutulan olayları mucize olarak kabul etmeye başladı.

"Ne var ki su akmaya devam ediyor ve iyileşme kürleri sürüyor."

Yakınlarda bir gürültü oldu gibi geldi bana. Korktum, ama o kılını bile kıpırdatmadı. Sisin, şimdi bir yaşamı ve bir öyküsü var. Bana söylediği her şeyi düşünüyorum. Bütün bunları nasıl bilebiliyor?

Tanrı'nın kadın yüzünü düşünüyorum. Yanımda duran adamın ruhu çelişkiler içinde. Kısa süre önce bana papaz okuluna gireceğini yazdı; ne var ki Tanrı'nın kadın yüzü olduğuna inanıyor.

Suskun kaldı. Bana gelince; toprak ananın karnında,

zamanın ve mekânın dışındaki o yerde olduğumu düşlemeyi sürdürüyorum. Bernadette'in öyküsü bana, gözlerimin önünde, bizi saran bu sisin içinde cereyan ediyormuş gibi geliyor.

Yeniden söze başlıyor:

"Bernadette'in en önemli şeyler hakkında bilgisi yoktu. Bunlardan ilki, bu dağlara Hıristiyan dininin gelişinden önce buralarda Keltlerin oturduğu, bu halkların kültüründeyse, Tanrıça'ya tapınmanın en önemli şey olduğuydu. Gelip geçen kuşaklar boyunca insanlar, Tanrı'nın kadın yüzünü fark etmişlerdi, onun Sevgisini ve onun Zaferini paylaşıyorlardı."

"Ya ikincisi?"

"İkincisi, Bernadette'e bu varlık görünmeye başlamadan kısa bir süre önce, Vatikan'ın en üst düzeydeki din adamları gizli toplantılar yapmışlardı. Bu toplantılarda olup bitenleri neredeyse hiç kimse bilmiyordu; Lourdes köyünün papazının da o toplantılarda konuşulanlar hakkında hiçbir şey bilmediği kesindi. Katolik Kilisesi'nin yüksek orunlu kişileri, Günahsız Gebe dogmasının kurulması hakkında bir karar almak üzereydiler. Bu dogma, sonunda, Papalığın *Ineffabilis Deus* başlıklı bağıtıyla ilan edildi. Ne var ki, geniş halk kitlelerine, bunun ne anlama geldiği tam olarak açıklanmadı."

"Peki, bütün bunlar hakkında senin görüşün ne?"

"Ben onun öğretisine inanıyorum. Bildiklerimi ona borçluyum," dedi ve böylelikle bilgisinin kaynağını açıklamış oldu.

"Sana da beliriyor mu?"

"Evet."

Meydana geri dönüp bizi kiliseden ayıran birkaç metreyi de aşıyoruz. Kuyuyu, sokak lambasını, bilezik taşının üstündeki şişeyi ve iki kadehi görüyorum. Düşünüyorum: "Orada biraz önce iki âşık vardı. Yürekleri konuşurken onlar suskundular. Yürekleri, söyleyeceklerini söyledikten sonra, şimdi büyük gizleri paylaşmaya başladı."

Bir kez daha, aşktan söz etmedik. Önemi yok. Ciddi bir şeyle karşı karşıyaydım ve durumdan, bu şeyi olabildiğince iyi anlayabilmek için yararlanmam gerekiyordu. Çok kısa bir süre, eğitimimi, Zaragoza'yı, yaşamımın –bulduğumu düşündüğüm– erkeğini anımsadım; ne var ki bütün bunlar şu anda benden uzakta, Saint-Savin'i saran sisin içinde kalmıştı.

"Bana neden Bernadette'in öyküsünü anlattın?"

"Bunu neden yaptığımı tam olarak bilmiyorum," diye cevapladı, yüzüme bakmadan. "Belki Lourdes yakınında bulunduğumuz içindir. Belki de yarından sonra Meryem Ana günü olduğu içindir. Ya da benim dünyamın, göründüğü kadar yalnız ve çılgın bir dünya olmadığını kanıtlamak istiyordum. Bu dünyanın bir parçası olan başkaları da var. Ve bu kişiler, benim inancımı paylaşıyor."

"Senin dünyanın çılgın bir dünya olduğunu hiç düşünmedim. Çılgın olan belki de benim dünyam: Yaşamımın en değerli anlarını defterler arasında, zaten tanıdığım bir yerden ayrılmama izin vermeyecek bir öğrenimi sürdürerek geçiriyorum."

İçinin rahatladığını hissettim: Onu anlıyordum.

Tanrıça'dan söz etmeyi sürdürmesini umut ediyordum, ama bana dönüp şöyle dedi:

"Gidip yatalım. Çok içtik."

Salı, 7 Aralık 1993

Hemen uykuya dalmıştı. Ben, uzun süre uyanık kaldım, dışarıdaki sisi, köyün meydanını, şarabı, konuşmamızı düşündüm. Bana verdiği elyazmasını okudum ve kendimi mutlu hissettim; Tanrı –gerçekten varsa– hem baba hem de anaydı.

Sonra, ışığı söndürüp kuyunun başındaki suskunluğumuzu düşünmeyi sürdürdüm. İşte, birbirimizle konuşmadığımız o süre içinde, ona ne kadar yakın olduğumu anlamıştım.

O da ben de bir şey söylememiştik. Aşktan söz etmek gereksizdi, çünkü aşkın kendi dili vardır ve kendiliğinden konuşur. O akşam, kuyunun bilezik taşının üstündeki suskunluğumuz, yüreklerimizin birbirine yaklaşmasını ve birbirimizi daha iyi anlamamızı sağlamıştı. Böylece yüreğim, onun yüreğinin söylediklerini duymuş ve mutlu olduğunu hissetmişti.

Gözlerimi kapamadan önce, onun "Öteki'ni yaşamak" adını verdiği şeyi yapmaya karar verdim.

"Burada, bu odanın içindeyim. Alışık olduğum her şeye uzağım, şimdiye kadar hiç ilgilenmediğim konuları konuşuyorum, o zamana kadar ayağımı hiç basmadığım bir kentte geceliyorum. Farklı bir insanmışım gibi –birkaç dakikalığına da olsa– davranabilirim."

Ve o vnı nasıl yaşamak isterdim, bunu düşünmeye

başladım. Neşeli, meraklı, mutlu olmak; geçen her saniyeyi yoğun yoğun yaşamak, yaşam kaynağından kana kana içmek; düşlerime yeniden güvenmek; arzularımı doyuma ulaştırmak için savaşım verecek gücü kendimde bulmak isterdim.

Beni seven bir erkeği sevmek.

Evet, olmayı düşündüğüm kadın haline gelmek iyiydi, bu kadının birdenbire karşıma çıkması ve ben olması iyi bir şeydi.

Ruhumun, artık inanmadığım bir tanrının –ya da bir tanrıçanın– ışığında yıkandığını hissettim. Ve o anda, Öteki'nin bedenimden ayrılmakta olduğunu, küçük odanın bir köşesine gidip oturacağını hissettim.

O zamana kadar olmayı sürdürdüğüm kadına bakıyordum karşıdan: zayıf, ama güçlü olduğu izlenimini vermeye çalışan bir kadın. Her şeyden korkan, buna karşın bu duygunun korku değil, gerçeği bilen birinin bilgeliği olduğunu söyleyen bir kadın. Eski mobilyaları parlaklığını yitirmesin diye, güneşin neşesinin süzüldüğü pencerelerine duvar ören biri.

Öteki'ni, odanın köşesinde kırılgan, bıkkın, umutsuz otururken gördüm. Her zaman özgür kalması gereken şeyleri, yani duyguları yöneten, onların üstünde zorbalık kuran biri. Sona eren bir acıdan sonra, önüne çıkacak yeni aşk hakkında fikir yürütmeye çalışan bir kadın.

Aşk her zaman yenidir. Yaşamımızda bir kez, iki kez, on kez sevmiş olmamızın önemi yok – kendimizi her zaman bir bilinmezle karşı karşıya buluruz. Aşk bizi cennete de, cehenneme de götürebilir, ama her zaman bir yere götürür. Onu kabullenmemiz gerekir, çünkü varlığımızı besleyen odur. Ondan kaçarsak, gözümüzün önünde meyve dolu dallarıyla duran o ağaca baka baka, elimizi uzatıp istediğimiz meyveyi koparmaya cesaret edemeden açlıktan ölürüz. Nerede olursa olsun, aşkı arayıp bulmamız gerekir, bu bize saatlerce, günlerce, haftalarca süren düş kırıklıklarına, üzüntülere mal olsa da. Çünkü biz aşkın peşine düştüğümüz anda, o da bizi karşılamaya çıkacaktır.

Ve bizi kurtaracaktır.

Öteki, benden uzaklaştığında, yüreğim yeniden benimle konuşmaya başladı. Barajdaki çatlağın su sızdırmaya başladığını, rüzgârın her yönden estiğini, ona yeniden kulak vermeye başladığım için mutlu olduğunu söyledi bana.

Yüreğim bana, âşık olduğumu söylüyordu. Ve dudaklarımda bir gülümseme, mutluluk içinde uykuya daldım.

Uyandığımda, pencere açıktı ve o, uzaktaki dağlara bakıyordu. Birkaç dakika sessiz kaldım, başını çevirdiği anda gözlerimi yummaya hazır.

Düşüncemi sezmiş gibi, döndü ve bana baktı.

"Günaydın."

"Günaydın. Pencereyi kapa, hava soğuk."

Öteki, beni uyarmadan yeniden içime girivermişti. Hâlâ rüzgârın yönünü değiştirmeye, kusurlar bulmaya, "hayır, olamaz" demeye çalışıyordu. Ama artık çok geç olduğunu da biliyordu.

"Üzerimi değişmem gerek."

"Seni aşağıda bekleyeceğim."

O gidince kalktım, Öteki'ni kafamdan attım, pencereyi yeniden açtım ve güneşin içeri girmesini sağladım. Güneş her şeyi ışığa boğuyordu: üstü karla kaplı dağları, ölü yapraklarla kaplanmış toprağı, göremediğim ama sesini duyduğum ırmağı.

Göğüslerime vurdu güneş, çıplak bedenimi aydınlattı, ve soğuğu hissetmedim, çünkü içimde bir ateş yanıyordu – bir kıvılcımın ateşi aleve dönüşür, alev odunları tutuşturur, odunlar söndürülmesi olanaksız bir yangını başlatır. Bunu biliyordum.

Ve böyle olmasını diliyordum.

Bu andan başlayarak cenneti ve cehennemi, sevinci ve

acıyı, umudu ve umutsuzluğu tanıyacağımı, ruhumun gizli köşelerinden esecek rüzgârları taşıyamayacağımı biliyordum. O sabahtan başlayarak, aşkın artık bana yol göstereceğini biliyordum – oysa bu yol gösterici, çocukluğumda onu ilk gördüğümden bu yana her zaman var olmuştu. Üstüne düşmeyi kendim için utanç verici bulmama karşın, onu hiç unutamamıştım. Zor bir aşktı, aşmak istemediğim sınırları vardı.

Soria'daki o meydanı anımsadım, kaybettiğim madalyonu aramasını istediğim o anı. Biliyordum, evet, bana ne söyleyeceğini biliyordum ve duymak istemiyordum, çünkü o, maceraya atılmak için, para ya da düşlerinin peşinden koşmak için günün birinde çekip giden çocuklardandı. Oysa bana ulaşılması güç bir aşk gerekti, yüreğim ve bedenim bakirdi, karşıma sevimli bir prens çıkmalıydı.

O dönemimde aşk hakkında pek bir şey bilmiyordum. Onu topluluk karşısında konuşurken gördüğümde, davetini kabul ettiğimde, içimdeki olgun kadının, sevimli prensine rastlamak için çırpınıp durmuş o genç kızın yüreğini elinde tutabileceğini sandım. Oysa o, her birimizin içinde yaşamayı sürdüren çocuktan söz etmişti ve ben, içimdeki o genç kızın, sevmeye ve yitirmeye korkan o prensesin sesini yeniden duymuştum.

Dört gün boyunca, yüreğimin sesini bastırmaya uğraşmıştım, ama o ses, Öteki'ni büyük düş kırıklığına uğratarak içimde gitgide büyümüştü. Ruhumun en gizli köşesinde kendi varlığımı sürdürüyordum ve düşlere inanıyordum. İçimdeki Öteki'ne bir şey söylemeye fırsat bırakmadan, onunla arabaya binmeyi, birlikte yolculuk yapmayı kabul etmiş, bunun tehlikelerini göze almaya karar vermiştim.

İşte yalnızca bu yüzden –içimde yaşamayı sürdüren birazcık ben yüzünden– dünyanın dört bir yanında aradıktan sonra aşk beni bulmuştu. Aşk beni yeniden bulmuştu; Öteki'nin, onun önüne, önyargılardan, kesinlikler ve Zaragoza'nın dingin bir sokağında beni bekleyen kitaplarımdan oluşan bir bent dikmesine karşın.

Pencereyi açtım. Ve de yüreğimi. Odaya güneş doldu, ruhuma aşk..

Saatlerce yürüdük, aç karnına; karlı yolu çiğnedik: sonra, adını hiç anımsamadığım, içinde havuzlu bir çeşme, çeşmenin üstünde de birbirine sarılmış bir yılan'la bir güvercinin tek bir hayvan gibi göründüğü bir heykel bulunan bir kasabada sabah kahvaltısı yaptık.

Bu görüntü onu gülümsetti. "Bu bir simge. Aynı figür içinde birleşmiş erkekle dişi."

"Dün bana söylediğini bugüne kadar hiç düşünmemiştim. Oysa mantıklıydı."

"Tanrı onu hem erkek hem dişi yarattı," dedi, *Yaratılış*'tan bir cümle söyleyerek. "Onun imgesi ve benzerliği buydu çünkü: erkek ve kadın."

Gözlerinin bir başka türlü parladığını gördüm. Mutluydu ve en ufak bir şey bile onun yüzünü güldürmeye yetiyordu. Yolda rastladığımız tek tük kişilerle konuşuyordu: gri giysiler giymiş, işlerinin başına giden çiftçiler: bir tepeyi aşmaya hazırlanan, renkli giysilere bürünmüş dağ insanları.

Ben suskun kalıyordum, çünkü Fransızcam çok kötüydü, ama onu öyle gören ruhum sevinç doluyordu. Öyle bir havaya bürünmüştü ki, onunla söyleşen herkes gülümsüyordu. Belki de yüreğine bir şeyler doğmuştu ve onu sevdiğimi artık biliyordu – ona bir çocukluk arkadaşı gibi davranmayı sürdürmeme karşın.

"Daha mutlu görünüyorsun," dedim.

"Çünkü burada seninle birlikte olmayı, bu dağlarda yürümeyi ve güneşin altın meyvelerini toplamayı her zaman düşledim."

"Güneşin altın meyveleri": Çok uzun süre önce yazdığı bir dizeydi bu ve onu şimdi tam zamanında yineliyordu.

"Sevinçli olmanda bir başka neden daha var," diye ekledim.

"Ne gibi?"

"Benim hoşnut olduğumu biliyorsun. Bugün burada, defterlerimin ve kitaplarımın oluşturduğu dağdan uzakta, gerçek dağlara tırmanmakta oluşum senin sayende. Beni mutlu kılıyorsun. Ve mutluluk, bölündükçe çoğalan bir şeydir."

"'Öteki'ni düşünme egzersizi' mi yaptın sen?"

"Evet. Nereden biliyorsun?"

"Çünkü sen de değiştin. Çünkü o egzersizi yapmayı hep tam zamanında öğreniriz."

Öteki, o sabah boyunca sürekli beni izledi. Bana yaklaşmaya çalışıyordu. Oysa, dakikalar geçtikçe sesi zayıflıyor, imgesi kayboluyordu. Canavarın tuzla buz olduğu bir vampir filminin sonunu izler gibiydim.

Tepesinde Bakire Meryem'in küçük bir heykeliyle haç bulunan bir başka sütunun önünden geçtik.

"Ne düşünüyorsun?" diye sordu bana.

"Vampirleri. Bir yere kapatılmış, birinin eşliğine umutsuzca gerek duyan gece yaratıklarını. Ne var ki onlar kimseyi sevemez. Bu yüzden de, efsaneye göre, vampiri ancak, yüreğine saplanan bir kazık öldürebilir; böylelikle yüreği uyanır, aşkın enerjisini özgür kılar, bu da kötülüğü ortadan kaldırır."

"Hiç düşünmemiştim bunu. Ama mantıklı."

O kazığı saplamayı başarmıştım. Kötü düşüncelerden kurtulan yüreğim, her şeye egemen oluyordu.

Öteki'ne barınabilecek hiçbir yer kalmamıştı artık.

Elini tutmak geçti içimden, bin kez; ama buna bir kez

olsun cesaret edemedim. Yolumu şaşırmış gibiydim biraz: Ona, onu sevdiğimi söylemek istiyordum, ama bunu nasıl yapacağımı bilemiyordum.

Gevezelik ettik, dağlardan, ırmaklardan söz ettik. Ormanın içinde bir saat kadar kaybolduk, sonra, izlediğimiz keçiyolunu yeniden bulduk. Sandviç yedik, karları eritip suyunu içtik. Güneş alçalmaya başladığında, Saint-Savin'e dönmeye karar verdik.

Ayak seslerimiz, taş duvarlarda yankılanıyordu.

Elimi, farkında olmadan, içinde okunmuş suyun bulunduğu kaba uzatıp haç işareti yaptım. Bana söylediği şeyi anımsadım: Su, Tanrıça'nın simgesidir.

"Oraya kadar gidelim," dedi.

Issız, loş kilisenin içinde ilerledik; sahın[1] altında bir aziz gömülüydü: Aziz Savin, ikinci bin yılda yaşamış bir keşiş. Bu kilisenin duvarları, birçok kez yıkılmış ve yeniden yapılmıştı.

Bazı mekânlar böyledir – savaşlar, yıkım dönemleri, ilgisizlik yüzünden harap olsalar da kutsal yer olmayı sürdürürler. Oradan geçen biri, bir şeyin eksik olduğunu hisseder ve yapı yeniden kurulur.

Çarmıha gerilmiş bir İsa heykeli gördüm, bende tuhaf bir duygu uyandırdı. Bakışlarıyla beni izlediği izlenimine kapıldım, bundan emindim.

"Burada duralım."

Kutsal Bakire'ye ait bir sahın önündeydik.

"Heykele bak."

Meryem, çocuğunu kollarına almıştı; çocuk İsa'nın parmağı gökyüzünü gösteriyordu.

Ne gördüğümü anlattım ona. Üsteledi:

1. Kiliselerde sunak. (Ç.N.)

"Daha dikkatli bak."

Ağaçtan yapılmış heykelin tüm ayrıntılarını inceledim: altın yaldız boyasını, kaidesini, giysinin kusursuz kıvrımlarını. Çocuk İsa'nın parmağını daha iyi incelediğimde, anlamam gerekeni anladım.

Kucağında olmasına karşın, Meryem'i taşıyan İsa'ydı sanki. Çocuğun göğe kalkmış eli, Bakire Meryem'i göklerdeki Tanrı katına taşıyor gibiydi. Meryem, Kocası'nın mekânına dönüyordu.

"Bu heykeli, günümüzden altı yüzyıl önce yapan sanatçı, ne yaptığını biliyordu," diye yorumladı.

Kilisenin tabanında ayak sesleri yankılandı. İçeri bir kadın girdi ve ana sahın önündeki bir kalın mumu yaktı. Duasına saygılı davranmak için, bir süre sessiz kaldık.

"Aşk, asla usul usul gelmez," diyordum kendi kendime, onun Bakire Meryem'i hayranlıkla izlemesine bakarak. Dün, aşkın varlığını hissettirmemiş olmasına karşın, dünyanın bir anlamı vardı. Şimdiyse, her şeyin gerçek parlaklığını ayırt edebilmek için, aşkın benim yanımda olmasına gerek duyuyordum.

Kadının gitmesinden sonra, sözünü sürdürdü:

"Sanatçı, Büyük Anamızı, Tanrıça'yı, Tanrı'nın bağışlayan yüzünü tanıyordu. Bana, şu ana kadar tam olarak cevaplayamadığım bir soru sordun. 'Bütün bunları nereden öğrendin?' dedin bana."

Evet, bunu ona sormuştum, o da bana cevap vermişti. Ama sesimi çıkarmadım.

"Bildiklerimi işte bu sanatçı öğretti bana. Göklerin en üst katında oturanın sevgisine verdim kendimi. Kendimi ona bıraktım. Sana, manastıra kapanmak istediğimi söylediğim mektubu anımsıyorsun herhalde. Sana hiç söylemedim ama, manastıra girdim."

Konuşmasını yapmadan önce sözünü ettiğimiz şeyleri yeniden düşündüm hemen. Yüreğim daha hızlı atmaya başladı; bakışlarımı Meryem'den ayırmamaya çalıştım. Gülümsüyordu.

"Olamaz. Manastıra kapansa bile, çıkmış olması gerekir. Bana papaz okulundan ayrıldığını söyle, ne olur!"

"Gençliğimi hızlı bir biçimde yaşamıştım," diye sürdürdü, benim ne düşünmüş olabileceğim konusunda hiç kaygılanmaksızın. "Herkesin tanımadığı insanları, manzaraları tanıyordum. Tanrı'yı dünyanın dört bir köşesinde aramıştım. Başka kadınları sevmiş, birbirinden farklı birçok meslekte insanlar için çalışmıştım."

Yüreğim bir kez daha küt küt attı. "Öteki'nin geri dönüp içime girmemesi için elimden geleni yapmalıyım," diye düşündüm gözlerimi Meryem'in gülümseyen yüzünden ayırmamaya çalışarak.

"Yaşamın gizemi beni hayran bırakıyordu," diye sürdürdü. "Onu daha iyi anlamak istiyordum. Bu gizi bana açıklayabileceklerini düşündüğüm kişilerin ayağına gittim. Hindistan'a, Mısır'a gittim. Büyü ustalarını, derin düşünceye dalmış insanları tanıdım. Simyacıların ve rahiplerin yanında yaşadım. Ve benim için gerekli olan şeyi keşfettim: Nerede inanç varsa, gerçeklik oradaydı."

Yeniden kilisenin içine, çevreme bakındım – birçok kez yıkılıp gitmiş, ardından yeniden yerine konmuş bu aşınmış taşlara. İnsanları, gözlerden uzak, yüksek dağların bağrında kaybolmuş bu küçücük tapınağı böylesine büyük bir inatla defalarca yeniden kurmaya iten şey neydi?

İnanç.

"Budistler haklıydı, Hindular haklıydı, Amerika yerlileri haklıydı, Müslümanlar haklıydı, Yahudiler haklıydı. İnsan, ne zaman –temiz yürekle– inanç yolunu izleyecek olsa, Tanrı'yla birleşecek, mucizeler yaratacaktı. Ama bunu yalnızca bilmek bir işe yaramıyordu: Bir seçim yapmak gerekiyordu. Ben, Katolik Kilisesi'ni seçtim, çünkü onun bağrında büyümüştüm, çocukluğum onun gizemleriyle dolmuştu. Yahudi olarak doğmuş olsaydım, Yahudiliği seçerdim. Binlerce adı olmasına karşın, Tanrı hep aynı Tanrı'dır; ona seslenebilmek için bu adlardan birini seçmek gerekir."

Kilisenin içinde, yeniden ayak sesleri var.

Bir adam yaklaştı ve durup bize baktı. Sonra, sahına

yöneldi ve büyük şamdanları çıkardı. Kilisenin bakımıyla görevli kişi olmalıydı.

"Bu akşam, biriyle buluşacağım," dedi, adam uzaklaştığında.

"Lütfen, bana anlatmakta olduğun şeye devam et. Konuyu değiştirme."

"Buraya yakın bir papaz okuluna girdim. Dört yıl boyunca, elimden geldiğince çok şey öğrendim. Bu süre içinde, aydınlanmış olanlarla, karizması olanlarla temas ettim, çok uzun süreden beri kapalı duran kapıları açmak için çaba gösteren dinsel akımları öğrendim. Ve Tanrı'nın, çocukluğumda beni korkutan umacı olmadığını gördüm. Hıristiyanlığın özündeki saflığa dönme yolunda çabalar olduğunu gördüm."

"Böylelikle insanlar, aradan geçen iki bin yıllık bir sürenin sonunda İsa'nın, Kilise'nin bir parçası olduğunu düşünmeleri gerektiğini yeniden anlamış oluyorlar," dedim, hafif alaycı bir tonla.

"İşi şakaya vuruyorsun ama durum tam senin söylediğin gibi. Öğrenimime, manastırın yüksek rütbeli din adamlarından birinin yanında başladım. Bana, Ruhsal Aydınlanmanın ve Kutsal Ruh'un ateşine inanmam gerektiğini öğretiyordu."

Bu sözleri dinlemeyi sürdürdükçe, yüreğim sıkışıyordu. Meryem Ana gülümsemeyi sürdürüyordu, Çocuk İsa'nın yüzünde de neşe vardı. Eskiden ben de bunlara inanmıştım; ne var ki araya giren zaman, ilerleyen yaşım, daha mantıklı ve daha pratik biri olduğum duygusu, sonunda beni dinden uzaklaştırmıştı. Yıllarca süren ve meleklere, mucizelere inanmamı sağlayan, çocukluğumdaki o inancı yeniden bulmak beni ne kadar sevindirirdi, diye düşündüm. Ne var ki yalnızca istemekle o günlere geri dönmeye olanak yoktu.

"Başrahip bana şöyle diyordu: 'İnanırsanız, sonunda bilgiye ulaşırsınız.' Hücremde tek başıma konuşmaya başladım. Kutsal Ruh'un kendini belli etmesi ve bilmem gereken her şeyi bana öğretmesi için dua ettim. Tek başıma konuşmayı sürdürdükçe, daha bilge bir sesin benim yerime konuşmaya başladığının yavaş yavaş farkına vardım."

Sözünü kestim: "Bu bana da oluyor."

Bekledi, konuşmamı sürdüreceğimi düşünüyordu. Ama gerisini getiremedim.

"Seni dinliyorum."

Dilim tutulmuştu. Onun ağzından görkemli sözler dökülüyordu, bana gelince, benzeri sözlerle kendimi ifade etmekten acizdim.

"Öteki geri dönmek istiyor," dedi, aklımdan geçenleri okumuş gibi. "Ve Öteki, saçma sözler etmekten korkar."

"Evet," diye cevap verdim, korkumu elimden geldiğince gizlemeye çalışarak. "Çoğunlukla, birisiyle tartışmaya giriştiğimde, herhangi bir konuda kendimi coşkuya kaptıracak olursam, ağzımdan o zamana kadar hiç çıkmamış sözcüklerin döküldüğü oluyor. Benim olmayan, yaşam hakkında benden çok daha fazla şey bilen bir zekâyı harekete geçirdiğim izlenimine kapılıyorum. Ama bu çok ender oluyor. Ne tür tartışma söz konusu olursa olsun, genelde dinlemeyi yeğliyorum. Böylelikle yeni şeyler öğrendiğimi sanıyorum, ama sonuçta, dinlediklerimin hepsini unutuyorum."

"İnsanı en çok şaşırtan, yine kendisi oluyor. Bir hardal tohumunun şişmesindeki hikmete inanmak, şu karşıdaki dağları titretmemize yetebilirdi. İşte bunu öğrendim ben. Ve bugün kendimi, kendi sözlerimi saygıyla dinlerken yakaladığımda şaşırıyorum. İsa'nın havarileri, okumamış, bilgisiz balıkçılardı. Ne var ki gökyüzünden inen nuru kabullendiler. Bilgisizliklerinden utanmadılar: Kutsal Ruh'a inandılar. Bu, onu gönülden elde etmek isteyenlerin hepsine bağışlandı. Yeterli olan, yalnızca inanmak, kabul etmek, hata yapmaktan korkmamak."

Bakire Meryem, karşımda gülümsüyordu. Ağlamış olmakta haklıydı, ama şimdi gülümsüyordu.

"Anlatmakta olduğun şeye devam et," dedim ona.

"Önemli olan işte budur. Bağışı kabul etmek. Öte yandan, bu bağış açık seçik ortada."

"O iş, söylediğin gibi olmuyor."

"Öyleyse anlamıyorsun?"

"Tersine, anlıyorum. Ne var ki ben de herkes gibiyim: Korkuyorum. Bu işin senin için ya da bir arkadaşım için kolay olduğunu düşünüyorum, ama benim için asla öyle değil."

"Bir gün gelecek, değişecek bu. Günün birinde, karşımızda durmuş bize bakan şu çocuğa benzediğimizi anladığında."

"Evet ama bu arada, aydınlığa yakın olduğumuzu, buna karşın kendi alevimizi tutuşturamadığımızı düşüneceğiz."

Bir şey söylemedi.

"Manastır öyküsünü daha bitirmedin," dedim bir süre sonra.

"Hâlâ manastırdayım."

Karşılık vermeme fırsat tanımadan, yerinden kalkıp kilisenin koro yerine doğru ilerledi.

Yerimden kıpırdamadım. Kafamın içinde her şey dönüyordu. Ne olup bittiğini anlayamıyordum. Manastırdan ayrılmamış hâlâ!

En iyisi hiç düşünmemekti. Baraj yıkılmıştı, aşk ruhumu sarıyordu ve ben kendime egemen olamıyordum artık. Bir çıkış yolu daha vardı, Öteki –zayıf olduğu için katı, korktuğu için soğuk olan varlık–, ama ondan etkilenmek istemiyordum artık. Yaşamıma artık onun gözüyle bakamazdım.

Bir ses, beni düşüncelerimden aldı – ince bir ses, uzayıp giden, dev bir flütten çıkarmış gibi yükselen bir ses. Kalbim yerinden oynadı.

Bir ses daha. Bir daha. Arkama baktım: Tahta bir merdiven, taşın soğuk güzelliğiyle uyumlu yalın, ahşap bir sahanlığa çıkıyordu. Bu sahanlığın üzerinde eski bir org vardı.

Oradaydı. Bulunduğu yer loş olduğu için, yüzünü seçemiyordum, ama orada olduğunu biliyordum.

Yerimden kalktım, beni durdurdu.

"Pilar!" dedi heyecan dolu bir sesle. "Olduğun yerde kal." Öyle yaptım. "Anaların Anası bana ilham versin," diye sürdürdü. "Müzik, benim bugünkü duam olsun!"

Ave Maria'yı çalmaya başladı. Saat akşam altıya yakındı, akşam duası saatiydi, aydınlıkla alacakaranlığın birbirine karıştığı saatti. Orgun sesi, boş kilisenin içinde yankılanıyor, tarih ve inanç yüklü taşlarla, heykellerle bütünleşiyordu. Gözlerimi kapadım ve müziğin benim de içime işlemesine, ruhumu korkulardan ve günahlardan arındırmasına, sandığımdan daha iyi bir insan olduğumu, düşündüğümden daha güçlü olduğumu bana anımsatmasına izin verdim.

İçimde, dua etmek için güçlü bir istek uyandı ve böyle bir şey, inanç yolundan ayrıldığımdan bu yana ilk kez oluyordu. Sıranın üstünde oturuyordum, ne var ki ruhum, Kutsal Anamızın önünde diz çökmüştü, karşımda duran o kadının, hayır da diyebilecekken evet diyen kadının; bu durumda melek, onun yerine bir başkasını arayacaktı ve bu, Efendimizin gözünde bir günah sayılmayacaktı, çünkü Tanrı, evlatlarının ne kadar zayıf olduğunu çok iyi bilir. Ama o,

Tanrı'nın buyruğu yerine gelsin

dedi ve meleğin sözlerini duyduğu anda, kendi yazgısının tüm hüznüyle tüm acılarını yüklendiğini hissediyordu ve en gözde yavrusunun yuvadan çıkıp gidişini, onun peşinden giden, daha sonra da yadsıyan kişileri gönül gözüyle görüyordu, ama

Tanrı'nın buyruğu yerine gelsin

dedi ve bunu, bir kadının en kutsal anında, çocuğunu doğurmak üzere ahırdaki hayvanların arasına giderken söyledi, çünkü Kutsal Yazılar böyle olmasını istiyordu,

Tanrı'nın buyruğu yerine gelsin

dedi ve bunu, içini kemiren kaygılarla çocuğunu sokaklarda ararken, Tapınak'ta bulduğunda söyledi. Ama o, ona, kendisine ilişmemesini, çünkü yerine getirecek başka görevleri, yapacak başka işleri olduğunu söyledi,

Tanrı'nın buyruğu yerine gelsin

dedi ve bunu, geriye kalan günlerinde, yüreğine acının hançeri saplanmış olarak, onun yaşamından her an kaygı duyarak, onun peşine düşüldüğünü ve tehdit edildiğini bilerek söyledi,

Tanrı'nın buyruğu yerine gelsin

dedi ve bunu, kalabalığın ortasında görüp de ona yaklaşamadığı halde söyledi,

Tanrı'nın buyruğu yerine gelsin

dedi ve bunu, birisinden, kendisinin orada bulunduğunu ona söylemesini istediğinde, oğlu da ona cevap olarak, "Annem ve kardeşlerim işte bu insanlardır, burada benimle birlikte olanlardır," dediğinde söyledi,

Tanrı'nın buyruğu yerine gelsin

dedi ve bunu, son anda, yanında bulunanların hepsi bir yana kaçtığında, kendisi, bir başka kadın ve erkeklerden biri haçın dibinde durmayı sürdürdüklerinde, düşmanların gülmelerine, dostların alçaklığına katlanırken söyledi,

Tanrı'nın buyruğu yerine gelsin.

Buyruğun yerine gelsin Tanrım. Çünkü sen, evlatlarının ne kadar zayıf olduğunu bilirsin ve her birinin sırtına, taşıyabileceği kadar yük koyarsın. Aşkımı anla Tanrım, çünkü gerçekten bana ait olan tek şey o, öteki dünyaya yanımda götürebileceğim tek şey. Onun yürekli ve temiz kalmasını sağla, dünyanın uçurumlarına ve tuzaklarına karşı canlılığını yitirmesin.

Org sustu, güneş dağların ardına saklandı, ikisini de aynı el kumanda ediyormuş gibi. Duası kabul olunmuştu, müzik onun o günkü duası olmuştu. Gözlerimi açtım, kilise bütünüyle karanlığa gömülmüştü – Bakire Anamızı aydınlatan tek bir şamdanın dışında.

Yaklaşmakta olan ayak seslerini işittim. Yanan o tek şamdanın ışığı gözyaşlarımı ve gülümsememi aydınlattı; bu gülümseme, Bakire Anamızınki kadar güzel olmasa da yüreğimin yaşam dolu olduğunu kanıtlıyordu.

Bana bakıyordu, ben de ona bakıyordum. Elim, onun elini aradı. Şimdi de onun yüreğinin daha hızlı atmakta olduğunu fark ettim; neredeyse duyar gibiydim, çünkü yeniden suskunluğa gömülmüştük.

Ruhum huzurla doluydu, gönlüm rahattı.

Elini tuttum onun, o da beni kucakladı. Orada, Bakire Anamızın ayağının dibinde öylece kaldık; ne kadar kaldık bilemeyeceğim, çünkü zaman durmuştu.

O bize bakıyordu. Kendi yazgısına evet diyen o köylü kadın. Tanrının Oğlu'nu karnında taşımayı kabul eden kadın, ve Tanrıça'nın aşkını yüreğinde taşımayı. O bizi anlayabilirdi.

Hiçbir şey sormak istemiyordum. O akşam kilisede geçirdiğimiz anlar, yaptığımız bu yolculuğu eksiksiz olarak doğrulamaya yetiyordu. Onunla geçirdiğim dört gün, kayda değer hiçbir şeyin olup bitmediği bütün bir yılı yüzüme vuruyordu.

İşte bu yüzden hiçbir şey sormak istemiyordum.

El ele tutuşup kiliseden çıktık ve odamıza döndük.

Kafamın içinde her şey birbirine karışmıştı: manastır, Anaların Anası, o akşamki buluşması.

O zaman anladım ki, o da ben de ruhlarımızı aynı yazgıya bağlamak istiyorduk; ama Fransa'da bir manastır vardı, İspanya'da Zaragoza. Yüreğim sıkıştı. Ortaçağ evlerine baktım, dün akşamki kuyuya. Eskiden içimde yaşayan Öteki Kadın'ın suskunluğunu ve hüznünü anımsadım.

"Tanrım, inancımı yeniden bulmaya çalışıyorum, beni yarı yolda bırakma," diye dua ettim, içimdeki korkuyu uzağa iterek.

O biraz uyudu, ben yine uyanık kaldım, pencerenin çerçevelediği loşluğa bakıyordum. Sonra kalktık, sofrada hiç konuşmayan ev sahipleriyle birlikte akşam yemeğini yedik, o benden evin anahtarını istedi.

"Bugün, eve geç döneceğiz," dedi kadına.

"Gençlerin eğlenmeleri gerek," diye cevapladı kadın. "Ve tatillerden olabildiğince fazla yararlanmaları gerekir."

"Sana bir şey sormam gerekiyor," dedim, arabaya bindiğimiz sırada. "Aklımdan silmeye çalışıyorum ama başaramıyorum."

"Manastır mı?"

"Evet, manastır. Bunu anlayamıyorum."

"Nedenini ille de öğrenmemin artık bir önemi kalmamış olsa da," diye düşündüm.

"Seni her zaman sevdim. Başka kadınlarla birlikte oldum ama seni her zaman sevdim. Günün birinde sana rastlayıp 'Seni seviyorum,' diyerek geri vereceğimi düşündüğümden, madalyonu hep üzerimde taşıyordum. Dünyanın tüm yolları beni sana çıkarıyordu. Sana mektuplar yazıyordum; senden gelen mektupları da, kendine bir yaşam arkadaşı bulduğunu okumaktan korkarak açıyordum. İşte o sıralarda içimde, beni dinsel yaşama çağıran sesi duydum. Daha doğrusu, bu çağrıyı o sıralarda kabul ettim, çünkü bu çağrı benim içimde –sende de olduğu gibi– ta çocukluğumdan beri vardı. Tanrı'nın yaşamımda çok önemli bir yeri olduğunu, onun çağrısına uymazsam mutlu olamayacağımı keşfettim. Dolaştığım her yerde, rastladığım yoksul insanların yüzünde İsa'nın yüzünü görüyordum, başka türlü davranamıyordum."

Sustu, ben de daha fazla üstelememeyi yeğledim. Yirmi dakika sonra arabayı durdurdu ve indik.

"İşte Lourdes'dayız. Burayı yazın görmelisin."

Gördüğüm, ıssız sokaklar, kapalı dükkânlar, kapılarının dışına demir kafesler konmuş otellerdi.

"Burayı her yaz altı milyon insan ziyaret ediyor," diye sürdürdü, heyecanla.

"Bana göre, görünüşte bir hayalet kent."

Bir köprüyü geçtik. Karşımıza, bir kanadı açık, üzerinde melek kabartmaları bulunan çok büyük bir demir kapı vardı. İçeri girdik.

"Sözüne devam et," dedim, oysa birkaç dakika önce üstelememeye karar vermiştim. "Bana İsa'nın yüzünden söz et yine."

Bu konuşmayı sürdürmeye niyetli olmadığını hissettim. Belki de bunun ne sırası ne de yeriydi. Ama mademki başlamıştı, sonuna kadar götürmesi gerekiyordu.

Karlarla kaplı bir çimenliğin ortasındaki geniş gezi yolunda ilerledik. Yolun sonunda, göğe yükselen bir kilisenin siluetini seçebiliyordum.

"Devam et," dedim yeniden.

"Gerisini zaten biliyorsun. Manastıra girdim. İlk yıl boyunca Tanrı'ya, sana olan aşkımı, tüm insanlara duyulan bir aşka dönüştürmesi için dua ettim. İkinci yıl içinde, Tanrı'nın benim sesimi duyduğunu hissettim. Üçüncü yılda, duyduğum pişmanlıklar henüz canlıydı, ne var ki aşkımın yavaş yavaş merhamete, duaya, muhtaç insanlara yardım duygusuna dönüştüğünden bütünüyle emindim."

"Peki, beni neden yeniden görmeye çalıştın? Benim içimdeki o ateşi neden yeniden yaktın? Bana neden Öteki'nden söz edip kendi varlığımın sıradanlığını hissetmeme neden oldun?"

Sözler, dilimin ucuna sırasız geliyor, sesim titriyordu. Dakikalar geçtikçe onu manastıra daha yakın, kendime daha uzak buluyordum.

"Neden geri döndün? Neden bütün bunları bana bugün, seni sevmeye başladığım şu anda anlatıyorsun?"

Cevabını biraz geciktirdi.

"Söyleyeceğimi saçma bulacaksın."

"Hiç de öyle olmayacak. Gülünç duruma düşmekten korkmuyorum artık. Bunu bana sen öğrettin."

"Bundan iki ay önce başrahip, öldükten sonra tüm malını mülkünü manastırımıza bağışlayan bir kadına giderken, kendisine eşlik etmemi istedi. Kadın, Saint-Savin'de oturuyordu ve malının mülkünün listesini yapmak gerekiyordu."

Attığımız her adımda bazilika biraz daha yaklaşıyordu. Sezgilerim, oraya varır varmaz bu konuşmanın kesileceğini söylüyordu bana.

"Durma," dedim. "Bir açıklama istiyorum, buna hakkım var."

"O eve girdiğim anı anımsıyorum. Pencereler Pireneler'e bakıyordu ve karlardan daha da şiddetle yansıyan güneş ışığı her şeyi aydınlatıyordu. Liste çıkarmaya koyuldum, ama birkaç dakika sonra durdum. O kadınla zevklerimizin tam olarak uyuştuğunu fark ettim. O manzaraya bakarken, üzerinde benim de dinlemeyi düşüneceğim müzikler olan plaklar satın almış olduğunu gördüm. Raflarda kitaplar vardı – bazılarını okumuştum, geriye kalanları da okumaktan zevk duyardım. Mobilyalara, tablolara, şuraya buraya serpiştirilmiş küçük eşyalara dikkatle baktım; sanki hepsini ben seçmiştim.

"O günden bu yana, o evi aklımdan çıkaramadım. Dua etmek için kiliseye her gidişimde, dünyadan henüz tam olarak el etek çekmediğimi yineliyordum kendi kendime. O evde kendimi seninle birlikte düşlüyor, öyle bir evde oturduğumuzu, birlikte plak dinlediğimizi, şöminede ateş yanarken karlı dağlara baktığımızı düşünüyordum. Çocuklarımızın evin içinde koşuşturduğunu, Saint-Savin çevresindeki kırlarda oynadığını düşlüyordum."

O eve hiç ayak basmamış olmama karşın, nasıl bir ev olduğunu tam olarak anlamıştım. Ve daha iyi düşleyebilmek için, artık hiçbir şey söylememesini diledim.

Ama o, konuşmayı sürdürdü:

"İki haftadan beri, ruhumdaki bu üzüntüyü artık taşıyamaz olmuştum. Başrahibi görmeye gittim. Sana olan aşkımı ve o eve liste düzenlemeye gittiğimizde hissettiklerimi ona anlattım."

İnceden bir yağmur yağmaya başladı. Başımı eğdim, ceketime daha sıkı sarındım. Gerisini dinlemekten korkuyordum.

"Bunun üzerine başrahip bana şunları söyledi: 'Tanrı'ya hizmet etmenin birçok yolu vardır. Kendi yazgınızın bu olduğunu düşünüyorsanız, o kadının peşine düşün. Ancak mutlu olan insanlar çevrelerine mutluluk verebilir.'

"'Yazgımın bu olup olmadığını bilemiyorum,' diye cevap verdim ona. 'Bu manastıra girmeye karar verdiğimde yüreğim huzur buldu.'

"'Öyleyse oraya gidin ve içinizdeki tüm kuşkuları dağıtın,' dedi. 'Ya o dünyada kalın ya da manastıra geri dönün. Olmayı düşlediğiniz yerde tüm benliğinizle olmanız gerekiyor. Bölünmüş bir krallık, düşmanların saldırısına karşı koyamaz. Kafasının içi bölünmüş bir insan, yaşamın yükünü gerektiği gibi kaldıramaz.'"

Elini cebine soktu ve bir şey çıkarıp bana gösterdi. Bir anahtardı bu.

"Başrahip, o evin anahtarını bana verdi. Eşyaları satışa çıkarmadan önce biraz beklememi söyledi bana. Seninle birlikte o eve gitmemi istediğini biliyordum. Madrid'deki konuşmayı o düzenledi; birbirimizi yeniden görmemizi sağlamak için.

Elinde tuttuğu anahtara baktım ve yalnızca gülümsedim. Ama içimin ta derinlerinde bir yerde sanki çanlar çalıyor ve önümde gökyüzü açılıyordu. Tanrı'ya başka türlü hizmet edecekti, benim yanımda. Böyle olması için elimden gelen çabayı gösterecektim.

"Al anahtarı," dedi.

Elimi uzattım ve anahtarı cebime koydum.

Şimdi, bazilika tam karşımızdaydı. Ben bir şey söylemek için daha ağzımı açamadan, biri onu gördü ve yanına gelip selam verdi. Yağmur şiddetlenmişti ve ben orada daha ne kadar kalacağımızı bilmiyordum. Yanımda, üstümü değiştirecek giysi olmadığını ve ıslak giysilerle kalamayacağımı düşünüyordum durmadan.

Kendimi bu düşünce üstünde yoğunlaştırmaya çalıştım. Kendi yazgımın bana elini uzatmasını beklerken o evi, yeryüzüyle gökyüzü arasında asılı duran şeyleri düşünmek istemiyordum.

Beni çağırdı ve bazı kişilerle tanıştırdı. O kişiler, bizim nerede kalmakta olduğumuzu sordular ve Saint-Savin'de kaldığımızı öğrenince de orada kutsal bir keşişin gömülü olduğunu söylediler. Bu keşişin, meydanın ortasındaki kuyuyu bulduğu söyleniyordu. Başlangıçta, kentlerdeki yaşamlarını bırakıp Tanrı'yı bulmak için bu dağlara gelen din adamları için bir barınak yapılması düşünülmüştü.

"Onlar hep burada," dedi bir başka kişi.

Bu öykünün doğru olup olmadığını ya da "hep orada bulunan" kişilerin kimliklerini vurgulamak için mi uydurulmuş olduğunu bilemiyordum.

Yavaş yavaş daha başka insanlar da gelmeye başlıyordu ve oluşan grup, mağaranın kapısına yöneldi; daha yaşlı olan bir adam bana Fransızca bir şeyler söylemeye çalıştı. Onu anlamakta güçlük çektiğimi görünce, duraksayarak İspanyolca konuşmaya başladı.

"Tepeden tırnağa olağanüstü bir varlıkla birliktesiniz. Mucizeler gerçekleştirmiş bir kişiyle."

Cevap vermedim, ama Bilbao'da, umutsuz bir adamın onunla konuşmaya geldiği geceyi düşündüm. Nereye gittiğini bana söylememişti, ayrıca bu beni ilgilendirmiyordu. Düşüncelerim, neye benzediğini tam olarak bildiğim bir eve yönelmişti. Hangi kitaplar, hangi plaklar vardı o evde, manzarası, dekoru nasıldı?

Grup, yağmurun altında sessizce ilerledi ve ilahî varlıkların göründüğü yere vardık. Tam düşlediğim gibiydi: mağara, Meryem Anamızın heykeli ve – camdan bir koruyucunun ardında, su mucizesinin gerçekleştiği çeşme. Bazı hacılar dua etmekteydi, daha başkaları mağaranın içinde, gözleri kapalı sessizce oturuyorlardı. Mağaranın önünden bir dere akıyordu, sularının şırıltısı beni yatıştırdı. Heykeli gördüğümde, kısa bir dua ettim; Meryem Anamızdan bana yardım etmesini diledim, çünkü yüreğim daha fazla acı çekmek istemiyordu.

"Acı gelecekse, hemen gelsin," dileğinde bulundum. Çünkü yaşamım önümde duruyordu ve onu elimden geldiğince en iyi şekilde kullanmam gerekiyordu. Bir seçim yapacaksa, bunu hemen yapmalıydı. Bu seçime göre onu bekleyecektim ya da unutacaktım. Beklemek insana acı verir. Unutmak acı verir. Ama ne karar vereceğini bilememek, acıların en büyüğüdür.

Yüreğimin en derin yerinde, benim bu isteğimi duyduğunu hissettim.

Çarşamba, 8 Aralık 1993

Bazilikanın saati gece yarısını vurduğunda, çevremizi saran kalabalık epeyce artmıştı. Yaklaşık yüz kişiydik; bunların arasında belirli sayıda rahip ve din adamı vardı; hepsi, gözlerini Meryem Ana'nın heykeline dikmiş, yağmurun altında hareketsiz bekliyordu.

"Günahsız Gebe Meryem Anamız, seni selamlıyorum," dedi yanımda biri, çan sesi kesilir kesilmez.

Bu sözleri bir alkış salvosu izledi.

Hemen ardından bir polis memuru yaklaşarak, bizden gürültü etmememizi istedi. Öteki hacıları rahatsız ediyorduk.

"Bizler uzaktan geliyoruz," dedi gruptakilerden biri.

"Onlar da öyle," diye karşılık verdi polis memuru, yağmurun altında dua eden inananları göstererek. "Onlar, sessizce dua ediyorlar."

Polis memuru gruba dağılmasını söyleseydi keşke. Onunla yalnız kalmak istiyordum, buradan uzakta, ellerini ellerimin içinde tutarak ona o anda neler hissettiğimi söylemek istiyordum. Evi konuşmamız gerekiyordu, planlar yapmamız, aşktan söz etmemiz. Onu inandırmam gerekiyordu, ona olan sevgimi daha iyi göstermem, düşlediği şeyi gerçekleştirebileceğini, çünkü ona yardım etmek için her zaman yanında olacağımı söylemem.

Polis memuru hemen uzaklaştı ve papazlardan biri,

tespih çekerek okunan duayı alçak sesle okumaya başladı. Duayı bitiren amentü bölümüne geldiğimizde, herkes gözleri kapalı, sessiz, öylece kaldı.

"Kim bu insanlar?" diye sordum.

"Karizmatik kişiler."

Bu sözcüğü daha önce duymuştum, ama ne anlama geldiğini tam olarak bilmiyordum. Bunun farkına vardı.

"Bunlar, Kutsal Ruh'un ateşinin içlerinde yanmasını kabullenmiş kişilerdir. İsa'nın bize bıraktığı ateşi kendi içlerinde yakmayı başaran ender kişiler. Herkesin mucize gösterebildiği dönemde, Hıristiyanlığın özündeki gerçeğe çok yakın olan kişilere benzer kişiler. Üzerine güneşi kuşanmış Meryem Anamızın yönlendirdiği kişiler," diye ekledi, gözleriyle Bakire Meryem'i göstererek.

Bu arada grup, görünmez bir elle yönetiliyormuşçasına, alçak sesle ilahi okumaya başladı.

"Üşüyorsun, dişlerin birbirine vuruyor. Katılmak zorunda değilsin."

"Sen kalıyor musun?"

"Evet. Bu benim yaşamım."

"Öyleyse ben de katılmak istiyorum." Oysa o anda oradan uzakta bulunmayı yeğlerdim. "Senin dünyan buysa, onun bir parçası olmayı öğrenmem gerekiyor."

Grup, ilahi okumayı sürdürüyordu. Gözlerimi yumdum, Fransızcamın iyi olmamasına karşın, ilahinin sözlerini söylemeye çalıştım. Müzik ilerledikçe, anlamını anlamadan sözcükleri yineliyordum. Bu, zamanın daha çabuk geçmesini sağlıyordu. Yakında bitecekti. Birlikte Saint-Savin'e geri dönebilecektik.

İlahiyi yalnızca dudaklarımla okumayı sürdürdüm. Yavaş yavaş, müziğin içimi kapladığını hissettim, beni kendimden geçirmeyi sağlayacak kendine ait bir dünyası vardı sanki. Üşümem yavaş yavaş geçiyor, yağmuru ve üstümü değiştirecek giysim olmadığını giderek düşünmez oluyordum. Müzik bana iyi geliyordu, ruhumu neşelendiriyor, beni, Tanrı'nın insanlara daha yakın olduğu zamana taşıyor ve bana yardım ediyordu.

Kendimi bütünüyle bırakacağım sırada müzik kesildi.

Gözlerimi açtım. Bir din adamı, gruptaki bir papazla konuşuyordu. Alçak sesle süren bu kısa konuşmadan sonra, ondan uzaklaştı.

Papaz, bize döndü.

"Dualarımızı, ırmağın karşı kıyısında yapacağız."

Bize gösterilen yere sessizlik içinde gittik. Mağaranın neredeyse tam karşısında bulunan köprüyü aşıp ırmağın karşı kıyısına geçtik. Burası daha güzel bir yerdi: Ağaçlar, geniş bir çayırlık ve ırmak vardı. Buradan, aydınlatılmış olan heykeli daha iyi görebiliyor, daha yüksek sesle, sakınmadan konuşabiliyorduk. Ötekilerin dualarını bozduğumuz duygusuna da kapılmıyorduk. Gruptakiler, ilahilerini daha yüksek sesle söylemeye başladılar ve yüzlerini gökyüzüne kaldırarak gülümsediler, yağmur damlaları yanaklarından süzülüyordu. İçlerinden biri, kollarını göğe kaldırdı, bir dakika sonra hepsi kollarını göğe kaldırmış, müziğin ritmine uyarak sallanmaya başlamışlardı.

Tüm gücümle kendimi bırakmaya çalışıyordum – bu arada onların ne yaptığını da gözlemek istiyordum. Yanımdaki bir papaz, ilahiyi İspanyolca okuyordu, ağzından çıkan sözleri yinelemeye çalıştım. Kutsal Ruh'a, Bakire Meryem'e yönelen sözlerdi bunlar. Onlardan burada bulunmalarını, bizi kutsamalarını ve güçlerini her birimize aktarmalarını diliyordu.

"Dillerin bağışı üzerimize olsun," dedi bir başka papaz. Aynı sözleri İspanyolca, İtalyanca ve Fransızca olarak yineledi.

Daha sonra olup biteni pek iyi anlayamadım. Oradakilerin her biri, bildiğim dillerden hiçbirine benzemeyen bir dilde bir şeyler söylemeye başladı. Dilden çok, anlaşılmaz bir hayhuya benziyordu ve bu anlamsız sözcükler, her birinin ruhundan doğrudan gelir gibiydi. Hemen, kilisede yaptığımız konuşmayı, bana iç aydınlanmasından söz ettiğini, insanın tüm bilgileri, kendi ruhunu dinleyerek kazanabileceğini söylediğini anımsadım.

"Belki de meleklerin dilidir bu," dedim kendi kendime;

onların söylediklerini söylemeye çalışıyor, kendimi gülünç buluyordum. Hepsi, karşı kıyıdaki Bakire Meryem heykeline bakıyordu ve kendilerinden geçmiş gibiydiler. Gözlerimle onu aradım ve benden biraz uzakta durduğunu fark ettim. Kollarını göğe kaldırmıştı, o da hızlı hızlı bazı sözcükler mırıldanıyordu; sanki onunla konuşuyordu. Gülümsüyordu, onaylıyordu, kimi zaman, yüzünde şaşırmış bir ifade beliriyordu. "İşte onun dünyası," diye düşündüm.

Bütün bu olup bitenler beni korkutmaya başlıyordu. Yanımda olmasını istediğim erkek, Tanrı'nın aynı zamanda kadın olduğunu söylüyor, anlaşılmaz diller konuşuyor, transa geçiyor, meleklere yaklaşmış gibi görünüyordu. Dağdaki ev bana fazla gerçek değilmiş, onun çoktan terk ettiği bir dünyaya aitmiş gibi geliyordu.

Birlikte geçirdiğimiz bu günler –Madrid'deki konuşmadan başlayarak– bir düş, kendi varlığımın zamanının ve mekânının dışında yapılmış bir yolculuk gibi geliyordu bana. Yine de bu yolculukta, bu dünyadan bir şeyler, bir roman tadı, yeni serüvenlerin tadı vardı. Bütün direnmelerime karşın, aşkın alevinin bir kadının yüreğini kolaylıkla sarıvereceğini, fırtınanın esmesine ve suyun barajı yıkıp götürmesine karşı duramayacağımı, bunun yalnızca zaman sorunu olduğunu biliyordum. Başlangıçta hiç istememiş olsam da onu sevmiştim ve böyle bir durumda nasıl davranacağımı bildiğimi sanıyordum. Ne var ki karşı karşıya kaldığım bu yeni durumda kavrayamadığım bir şeyler vardı. Bu, bana okulda öğretilen Hıristiyanlık değildi. Ve yaşamımın erkeğini de böyle düşünmemiştim.

"Yaşamımın erkeği... Tuhaf!" dedim kendi kendime, aklıma gelen bu sözcüklere şaşarak.

O mağaranın ve ırmağın önünde hem korktum hem de kıskançlık duydum. Korktum, çünkü bütün bunlar benim için yeniydi ve yenilikler beni her zaman biraz korkuturdu. Kıskançlık duydum, çünkü onun aşkının sandığımdan çok daha büyük olduğunu, yavaş yavaş şimdiye kadar benim hiç girmediğim alanlara uzandığını anlıyordum.

"Bağışla beni Kutsal Bakire," dedim. "Bayağı davranıyorsam, sıradan davranıyorsam, bu erkeğin aşkını tümüyle kendim için istiyorsam, bundan dolayı bağışla beni."

Peki ya onun yolu bu dünyadan el etek çekmek, manastıra kapanmak ve melekleriyle söyleşmekse? Evi, kitapları ve plakları bırakıp asıl yoluna dönmek için ne kadar süre dayanabilir? Ya da manastıra bir daha geri dönmeyecek bile olsa, onu gerçek düşünden alıkoymak için benim ödeyeceğim bedel ne olur?

Oradaki herkes, kendini yapmakta olduğu şeye vermişti, benim dışımda. Gözlerimi ona dikmiştim, meleklerin dilini konuşuyordu.

Sonra, korku ve kıskançlık, yerini yalnızlık duygusuna bıraktı. Melekler birileriyle iletişim kurabilirlerdi, ama ben yalnızdım.

Beni de o tuhaf dili konuşmaya iten şeyin ne olduğunu bilemiyorum. Belki de ona ulaşmak için, hissettiklerimi ifade etmek için duyduğum önlenemez istekti. Belki de ruhumu serbestçe açma gereğini duyuyordum – yüreğim sorularla doluydu ve ne pahasına olursa olsun o soruların cevaplarını almak istiyordum.

Ne yapacağımı tam olarak bilemiyordum; bütün bunların çok gülünç olduğu duygusu içindeydim. Ne var ki orada her yaştan kadın ve erkek vardı, papazlar ve din adamı olmayan insanlar, papaz çömezleri, rahibeler, öğrenciler, yaşlı insanlar. Bu beni yüreklendirdi ve Kutsal Ruh'tan, korkumu yenmemi sağlayacak engeli kaldırmasını diledim.

"Dene," dedim kendi kendime. "Ağzını açman ve kendinin de anlamadığın sözcükler söylemen bunun için yeterli olacak. Dene."

Karar verdim. Ama daha önce, bu gecenin benim için bir 6 Ocak Yortusu, yeni bir başlangıç olmasını diledim.

Tanrı'nın beni işittiği duygusuna kapıldım. Sözcükler, dilimin ucuna kolayca geldi. İçimdeki utanç silindi, güven duygusu büyüdü, dilim giderek çözüldü. Ağzımdan çıkanları anlamıyordum, ama ruhum için anlamı olan şeyler söylüyordum.

Anlamı olmayan sözler etme konusunda gösterdiğim bu basit yüreklilik, rahatlamamı sağladı. Özgürdüm, yaptığım şeyleri kendi kendime açıklama gereğini duymuyordum. Ve bu özgürlük beni gök katına çıkarıyordu – orada daha büyük bir aşk, her şeyi bağışlayan ve kendini bırakılmış gibi hissetmeyen bir aşk beni kucaklıyordu.

"Bana öyle geliyor ki, inancımı yeniden buluyorum," diyordum kendi kendime, aşkın gerçekleştirebileceği bütün mucizeler karşısında şaşkınlık duyarak. Bakire Meryem'i yanı başımda hissediyordum, beni kollarında tutuyor, bana sarılıyor, beni şalının içinde ısıtıyordu. Ağzımdan giderek peş peşe tuhaf sözler çıkmaya başlıyordu.

Farkında olmadan ağlamaya başladım. Yüreğimi sevinç kaplıyor, beni içine alıyordu. Korkulardan, benim zavallı gerçeklerimden, yaşamımın her saniyesini denetim altında tutma girişimlerimden daha güçlüydü bu sevinç. Bu gözyaşlarının bana bir bağış olduğunu biliyordum, çünkü okuldayken rahibeler bana, azizlerin kendilerinden geçtiklerinde ağladıklarını söylemişti. Gözlerimi açtım, gökyüzünün karanlığını hayranlıkla izledim ve gözyaşlarımın yağmura karıştığını hissettim. Yeryüzü canlıydı, gökyüzünün en yüce katından düşen yağmur, mucizeyi yeniliyordu. Ve bizler bu mucizenin birer parçasıydık.

"Öyleyse Tanrı kadın olabilir," dedim kendi kendime, çok alçak sesle, ötekiler ilahiler okurken. "Bu çok güzel. Böyleyse eğer, sevmeyi bize onun kadın yüzü öğretmiştir."

"Sekizer kişilik gruplar halinde dua edeceğiz," dedi rahip İspanyolca, İtalyanca ve Fransızca olarak.

Biri bana doğru yaklaştı ve elini omzuma koydu. Bir başkası, öte yanıma yaklaşarak aynı şeyi yaptı. Böylelikle, sekiz kişiden oluşan bir daire oluşturduk. Sonra öne doğru eğildik ve başlarımız birbirine değdi. Duruşumuz, tüm enerjilerimizi, tüm sıcaklıklarımızı birleştirmemizi sağlıyordu.

"Günahsız Gebe Meryem Anamız oğluma yardım etsin ve ona yol göstersin," dedi sağ yanımda, elini omzuma atmış olan kişi. "Sizden, oğlum için *Ave* demenizi istiyorum."

"Amen," diye cevapladı ötekiler. Ve sekizi birden *Ave Maria*'yı söyledi.

Her biri kendi dileğini söylüyordu ve herkes dua ederek bu dileğe katılıyordu. Bana gelince; kendime şaşıyordum, çünkü çocuklar gibi dua ediyordum ve bu duaların kabul edileceğine bir çocuk saflığıyla kesinlikle inanıyordum.

Grup, çok kısa bir an sessiz kaldı. Bu kez dilekte bulunma sırasının bana geldiğini anladım. Başka koşullarda olsa, utançtan yerin dibine girerdim. Ama orada gizli bir varlık vardı ve bu varlık bana güç veriyordu.

Şöyle dedim: "Bakire Anamız, benim kendisi gibi sevmemi sağlasın. Ve bu aşk beni yüceltsin, adandığı erkeği yüceltsin. *Ave Maria*'yı söyleyelim."

Birlikte dua ettik ve ben özgürlüğüme yeniden kavuştuğum duygusuna kapıldım. Yıllar boyu yüreğime karşı savaşmıştım, çünkü üzülmekten, acı çekmekten, terk edilmekten korkuyordum. Gerçek aşkın bütün bunların üstünde olduğunu, hiç sevmemektense ölmenin daha iyi olacağını her zaman biliyordum. Ama bu cesarete yalnızca başkalarının sahip olduğunu düşünüyordum. Ve şimdi, şu anda, bunu yapabilecek gücün bende de bulunduğunu keşfediyordum. Ayrılık, yalnızlık, üzüntü anlamına da gelse, aşk her şeye değerdi.

Böyle şeyler düşünmeyi kesmem gerek, kendimi yapılması gerekenlere yoğunlaştırmalıyım.

Rahip, grupların ayrılmasını ve hastalar için dua edilmesini istedi. Zaman zaman herkes, yine anlaşılmaz şeyler söylüyor, havaya kaldırdıkları kollarını sallıyorlardı.

"Aramızda, gelini hasta olan biri var; o kişi bilsin ki gelini şu anda iyileşmeye başladı," dedi bir kadın.

Dualar yeniden başladı, dualarla birlikte de ilahiler ve sevinç belirtileri.

Daha sonra bana, bunun peygamberlere özgü olduğunu, bazı kişilerin uzak bir yerde ne olup bitmekte olduğunu ya da ne olacağını hissedebildiklerini söyledi.

Ama benim, olacakları önceden hissetmeme olanak yoktu; ben, mucizelerden söz eden o sese inanıyordum. Zamanı geldiğinde, bu topluluk içinde bulunan iki kişinin aşkından söz edeceğini umuyordum. Umuyordum, evet, bu aşkın meleklerin hepsi tarafından, bütün azizler tarafından, Tanrı tarafından ve Tanrıça tarafından kutsandığını söyleyeceğini umuyordum.

İlahilerle, danslarla, göğe açılmış kollarla, mucizeler isteyen, bağışlanma isteyen dualarla yapılan bu tapınmanın ne kadar sürdüğünü bilemiyorum. Birden, töreni yöneten papaz şöyle dedi: "Şimdi, bu karizmatik yenilenmeye ilk kez katılanlar için ilahiler söyleyelim, dualar edelim."

Demek ki ilk kez katılan bir tek ben değildim. Bu beni rahatlattı.

Orada bulunanlar hep bir ağızdan müzik eşliğinde bir dua okumaya başladı. Bu kez, Tanrı'nın bana yardımlarını esirgememesini dileyerek yalnızca dinledim. Buna çok gerekseme duyuyordum.

"Tanrı bizi kutsayacak," dedi papaz.

Herkes yüzünü ırmağın karşı kıyısına, aydınlatılmış mağaraya döndü. Papaz, dualar okudu ve bizi kutsadı. Bunun üzerine herkes birbiriyle kucaklaştı, iyi bayramlar diledi ve her biri kendi yönünde uzaklaştı.

Bana yaklaştı. Her zamankinden daha neşeli bir hali vardı. "Sırılsıklam olmuşsun."

"Sen de," diye karşılık verdim, gülerek.

Arabaya binip Saint-Savin'e döndük.

Bu anı sabırsızlıkla beklemiştim – ama şimdi ona ne diyeceğimi bilemiyordum. Dağdaki evden söz edemiyordum bir türlü, törenden, kitaplardan ve plaklardan, oradakilerin ağzından çıkan tuhaf sözcüklerden, grup halinde yapılan dualardan da.

İki dünyada birden yaşıyordu. Bu iki dünya, zamanın içinde bir yerde birbiriyle kaynaşıyordu; bunun nasıl olduğunu keşfetmek de bana düşüyordu.

Bu arada sözcükler, söz konusu keşfi yapmamda bir işe yaramayacaktı. Aşk, kendini sevme ediminin içinde keşfeder.

"Bir tek kazağım kaldı," dedi, odaya döndüğümüzde. "Al onu. Ben kendime bir başka kazak satın alırım."

"Islanmış giysileri radyatörün üstüne koyarız. Yarına kadar hepsi kurur. Ayrıca, dün yıkadığım şömizye bluzum da var."

Birkaç saniye sessiz kaldık.

Giysiler. Çıplaklık. Soğuk.

Sonunda, küçük bavulundan bir başka tişört çıkardı.

"Al, uyurken giyebilirsin bunu."

"Tabii."

Işığı söndürdüm. Üstümdekileri karanlıkta çıkardım, radyatörün üstüne yaydım ve düğmeyi en sıcağa çevirdim.

Sokak lambasının içeri vuran ışığında siluetimi seçebilir, çıplak olduğumu anlayabilirdi. Tişörtü sırtıma geçirip yatağımın içine kaydım.

"Seni seviyorum," dediğini duydum.

"Ben de seni sevmeyi öğreniyorum," diye cevap verdim.

Bir sigara yaktı.

"O güzel an gelecek, değil mi?"

Ne demek istediğini biliyordum. Kalktım, gidip yatağının kenarına oturdum.

Sigarasının ateşi, zaman zaman yüzüne vuruyordu.

Elimi tuttu, kısa bir süre öylece kaldık. Saçlarını okşadım.

"Bu soruyu sormaman gerekiyordu. Aşk çok soru sormaz, düşünmeye başlarsak, içimize korku düşer. Bu korku açıklanamaz, onu sözcüklerle açıklamaya çalışmak boşuna olur. Belki de aşağılanma korkusudur bu, kabul edilmeme, büyüyü bozma korkusu. İnsana gülünç gelebilir, ama böyledir. Bu yüzden, soru sorulmaz, yalnızca davranılır. Senin de birçok kez söylediğin gibi, insan kendini riske atar."

"Biliyorum. Şimdiye kadar bunu hiç kimseye sormamıştım."

"Kalbim şimdiden senin," diye karşılık verdim, söylediğini duymamış gibi yaparak. "Yarın gidebilirsin, yaşamakta olduğumuz şu günlerin anısı, romantik aşk, olasılık, düş, bütün bunlar yaşamımız boyunca aklımızdan çıkmayacak. Ama sanıyorum ki Tanrı sonsuz bilgeliğiyle cehennemi cennetin içine sakladı. Hep uyanık kalmamız için yaptı bunu. Bağışlanmanın sevincini yaşarken, önümüzde dağ gibi dikilen zorunlulukları unutmamamız için."

Ellerini saçlarıma daha çok bastırdı.

"Çabuk öğreniyorsun," diye mırıldandı.

Söylediklerim beni de şaşırtmıştı. Ne var ki, insan bildiğini varsayarsa, sonunda gerçekten biliyor.

"Benim ulaşılmaz biri olduğumu düşünme. Yaşamıma şimdiye kadar birçok erkek girdi. Şöyle böyle tanıdığım erkeklerle seviştiğim oldu."

"Ben de öyle," dedi.

Doğal davranmaya çalışıyordum, ne var ki başıma dokunuşundan, ağzımdan çıkan sözlere katlanmanın ona zor geldiğini anladım.

"Buna karşın, bu sabahtan başlayarak kızlığıma mucizevi biçimde yeniden kavuştum. Anlamaya çalışma bunu, neden söz ettiğimi ancak bir kadın anlayabilir. Şu anda aşkı yeniden keşfetmekteyim. Buysa zaman alıyor."

Ellerini saçlarımdan çekip yüzüme dokundu. Onu dudaklarından hafifçe öpüp yatağıma döndüm.

Neden böyle davrandığımı bilemiyordum. Bunu, onu kendime daha çok bağlamak için mi, yoksa özgür bırakmak için mi yaptığımı bilemiyordum. Ama uzun bir gün yaşamıştık. Düşünemeyecek kadar yorgundum.

Geceyi sonsuz bir huzur içinde geçirdim. Bir ara, uyanık olduğum izlenimine kapıldım. Bir kadın, beni omuzlarımdan kavramıştı ve bana öyle geliyordu ki, o kadını öteden beri tanıyordum: Korunduğumu, sevildiğimi hissediyordum.

Sabahın yedisinde, boğucu bir sıcaklık duygusuyla uyandım. Giysilerim kurusun diye radyatörü sonuna kadar açmıştım. Ortalık henüz aydınlanmamıştı, onu uyandırmamak için sessizce kalkmaya çalıştım.

Kalkar kalkmaz da, onun yatağında olmadığını fark ettim. Bu beni çok şaşırttı. Öteki, hemen ortaya çıkarak bana şöyle dedi: "Görüyor musun? Gidebileceğini söylemen yetti, işte gitmiş bile. Tüm öteki erkekler gibi."

İçimdeki panik, dakikalar ilerledikçe artıyordu. Kendimi koyvermemem gerekiyordu. Ama Öteki hiç durmuyordu: "Ben daha buradayım. Rüzgârın yön değiştirmesine izin verdin, kapıyı açtın ve şimdi aşk bütün benliğini kuşatıyor. Elimizi çabuk tutarsak, duruma hâkim olabiliriz."

Somut bir şeyler yapmam gerekiyordu. Önlem almalıydım.

"Gitti işte," diyordu hâlâ Öteki. "Dünyanın bir ucundaki bu delikten çıkmalısın artık. Zaragoza'da yaşamın her zaman güven içinde olacak: Gecikmeden dön oraya. Bunca çabayla elde ettiğin her şeyi yitirmeden dön oraya."

Düşündüm: "Haklı olmak için onun da kendine göre nedenleri vardır mutlaka."

"Erkeklerin her zaman kendilerine göre nedenleri vardır," diye cevapladı Öteki. "Ama sonunda kadınları terk eden hep onlar olur."

Peki. İspanya'ya geri dönmenin bir yolunu bulmalıyım. Kafamı bu işe yormalıyım.

"İşe önce pratik yanından bakalım: para," diyordu Öteki.

Üzerimde tek kuruşum yoktu. Aşağı inmem, bizimkileri ödemeli olarak aramam, geri dönmem için gönderecekleri parayı beklemem gerekiyordu.

"İyi ama bugün bayram. Para ancak yarın elime geçebilir. Peki, karnımı nasıl doyuracağım? Ev sahiplerine, borcumu ancak yarından sonra ödeyebileceğimi nasıl anlatacağım?"

"En iyisi hiçbir şey söylememek," dedi Öteki. Deneyimliydi kuşkusuz, bu gibi durumlarda ne yapılacağını bilirdi. O, benim gibi, aklı aşktan bir karış havada küçük bir kız değil, ne istediğini her zaman bilmiş olan bir kadındı. Burada kalmalı, hiçbir şey olmamış gibi, o geri dönecekmiş gibi davranmalıydım. Para geldiğinde de borcumu öder, geri dönerdim.

"Harika," dedi Öteki. "Eski haline dönüyorsun. Üzülme. Günün birinde bir erkeğe rastlayacaksın. Kendini riske atmadan sevebileceğin bir erkeğe."

Gidip radyatörün üstündeki giysilerimi aldım. Hepsi kurumuştu. Bu küçük kasabalarda bir telefon kulübesi nerede bulunur, bunu öğrenmem gerekiyordu. Bütün bunlara kafa yorarken, ağlamaya, iç çekmeye vaktim olmayacaktı.

Tam o sırada, bana bir not bırakmış olduğunu fark ettim.

Manastıra gidiyorum. Eşyalarını hazırla, bu akşam İspanya'ya dönüyoruz. Öğleden sonra döneceğim.

Ve "Seni seviyorum," diyerek bitiriyordu.

Yazdığı notu göğsüme bastırdım ve kendimi aynı zamanda hem mutsuz, hem de rahatlamış hissettim. Öteki'nin, bulduğum bu nota şaşırarak, kendi içine kapandığını gördüm.

Ben de, onu ben de seviyordum. Bu aşk dakika dakika büyüyor ve beni başka biri kılıyordu. Geleceğe güvenle bakmaya, giderek kendime güvenmeye, Tanrı'ya inanmaya başlamıştım.

Bütün bunlar, içimi dolduran aşk sayesinde gerçekleşmişti.

"Bundan böyle kendi karanlıklarım beni hiç boğamayacak," diye kendi kendime söz verdim ve kapıyı Öteki'nin yüzüne çarptım. "Üçüncü kattan düşmek de, yüzüncü kattan düşmek kadar hasar bırakırdı."

Düşeceksem çok yükseklerden düşmeliydim.

"Bir şeyler atıştırmadan dışarı çıkmazsınız umarım!" dedi ev sahibi.

"İspanyolca konuştuğunuzu bilmiyordum," dedim şaşırarak.

"Sınır buraya yakın. Yazın, Lourdes'ya turistler gelir. İspanyolca bilmeseydim odalarımı kiralayamazdım."

Üstüne reçel sürülmüş kızarmış ekmekler hazırladı, sütlü kahve yaptı. O günün üstesinden gelebilmek için gerekli havaya soktum kendimi; her saat bir yıl gibi gelecekti bana. Bu kahvaltının beni biraz oyalayacağını düşünüyordum.

"Ne zamandan beri evlisiniz?" diye sordu.

"O benim ilk aşkımdı."

Ve bu kadar açıklama yeterliydi.

"Şuradaki dorukları görüyor musunuz?" diye sürdürdü. "Benim ilk aşkım o tepelerde öldü."

"Sonradan karşınıza bir başka erkek çıktı ama."

"Evet, doğru. Yine de mutlu olabildim. Tuhaf, insan yazgısı: Tanıdığım insanlar arasında neredeyse hiç kimse yaşamının ilk aşkıyla evlenmedi. Sonradan evlenenlerin her biri bana, önemli bir şeyi yitirdiklerini, yaşamaları gereken her şeyi yaşamamış olduklarını söylediler her zaman."

Birden sustu.

"Özür dilerim. Sizi kırmak istemedim."

"Beni kırmadınız."

"Dışarıdaki kuyuya bakıyorum sık sık. Ve kendi kendime şöyle diyorum: Aziz Savin'in kazmaya karar verdiği güne kadar, kimse suyun nerede olduğunu bilmiyordu; o kazdı ve suyu buldu. Bunu yapmamış olsaydı, kasaba aşağıda, ırmağın çevresinde kalacaktı."

"Bunun aşkla ne ilgisi var?"

"Bu kuyu, umutlar besleyen, düşler kuran, iç çatışmalar yaşayan insanları kendine çekti. Biri çıkıp su aramaya karar verdi, su varlığını gösterdi ve burası herkes için bir çekim merkezi haline geldi. İnsan, yüreklice arayacak olursa, aşk da varlığını gösterir, diye düşünüyorum; o andan sonra da aşkı kendine daha çok çekmeye başlar. Biri bize karşı iyi düşünceler beslerse, herkes besler. Ama insan yalnızsa, yalnızlığı giderek artar. Şu yaşam denen şey ne tuhaf."

"*Yi Jing* başlıklı bir kitaptan söz edildiğini duydunuz mu?"

"Hayır, hiç duymadım."

"O kitapta, bir kentin yerini değiştirebilirsiniz, ama bir kuyunun yerini asla, der. Sevenler birbiriyle buluşur, susuzluklarını giderirler; yuvalarını kurar, çocuklarını kuyunun çevresinde yetiştirirler. Ama çiftlerden biri gitmeye karar verirse, kuyu onu izleyemez. Aşk orada kalır, terk edilmiştir, ama suyu her zaman berraktır."

"Çok acılar çekmiş yaşlı bir kadın gibi konuşuyorsunuz, yavrum."

"Hayır. Ben her zaman korktum. Kuyuyu hiçbir zaman kazmadım. O işi şimdi yapıyorum ve bunun taşıdığı tehlikeleri de göz ardı etmek istemiyorum."

Birden, cebimdeki bir şeyin beni rahatsız ettiğinin farkına vardım. Ne olduğunu anladığımda, yüreğim buz gibi oldu. Kahvemi aceleyle bitirdim.

Anahtar. Anahtar bendeydi.

"Burada, bu kasabada, öldüğünde tüm varlığını Tarbes Manastırı'na bırakan bir kadın var mıydı?" diye sordum.

"Bu kadının evinin nerede olduğunu biliyor musunuz?"

Kapıyı açtı ve evi bana gösterdi. Küçük alanın çevresinde yer alan, sırtını vadiye ve dağlara vermiş eski Ortaçağ evlerinden biriydi.

"Yaklaşık iki ay önce buraya iki din adamı geldi," dedi. "Ve..."

Yüzüme şaşkın şaşkın baktı.

"... Ve bu kişilerden biri kocanıza benziyordu," diye ekledi, uzun süre bekledikten sonra.

"O idi," dedim, dışarı çıkarken, içimde yaşayan çocuğun afacanlık yapmasına izin vermiş olmaktan mutlu.

Evin önünde hareketsiz duruyor, ne yapacağımı bilemiyordum. Sis, her şeyi sarıyordu ve ben, içinde bizi daha da tuhaf yerlere sürükleyen tuhaf siluetlerin belirdiği gri bir düşte yüzer gibiydim.

Parmaklarımla anahtarın üstüne sinirli sinirli vuruyordum.

Böylesine kalın bir sis tabakası içinde, pencereden dağları seçebilmek herhalde olanaksızdı. Ev loştu, perdelerine güneş vurmuyordu. Yanımda onun varlığı olmadan, ev bana hüzünlü görünecekti.

Saatime baktım. Sabahın dokuzuydu. Vakit geçirmemi, onu beklememi sağlayacak bir şeyler yapmalıydım.

Beklemek. Aşk konusunda öğrendiğim ilk ders buydu. Gün sürüklenip gitmektedir, binlerce plan yaparsınız, olası tüm diyalogları düşlersiniz, davranışınızı değiştirmeye söz verirsiniz kendi kendinize – ve orada öylece beklersiniz, kaygılar içinde, sevdiğiniz insan dönünceye kadar.

O an geldiğindeyse, ne diyeceğinizi bilemezsiniz. Beklemekle geçen o saatler, gerilime dönüşmüş, gerilim korku halini almıştır; korkuysa, duygularınızı belli etmekten utanç duymanıza yol açar.

İçeri girmeli miyim, bilemiyorum. Önceki günkü konuşmamızı anımsadım – bu ev bir düşün simgesiydi. Öte yandan, bütün bir gün elim kolum bağlı da kalamazdım.

Kendimi toparladım, anahtarı cebimden çıkardım ve kapıya doğru ilerledim.

"Pilar!"

Sisin içinden gelen, bozuk bir Fransızcayla çınlayan bir sesti bu. Korkmaktan çok, şaşırdığımı hissettim. Oda kiraladığımız evin ev sahibi olabilirdi bu, ama ona adımı söylediğimi anımsamıyordum.

"Pilar!" Yeniden, bu kez daha yakın.

Biri, aceleci adımlarla bana yaklaşıyordu. Sislerin tuhaf biçimlere bürünen karabasanı, gerçek bir biçim almak üzereydi.

"Durun biraz..." dedi ses. "Sizinle konuşmak istiyorum."

Yanıma geldiğinde, bir din adamı olduğunu gördüm. Karikatürleri yapılan köy papazlarına tıpatıp benziyordu: ufak tefek, yusyuvarlak, kelleşmiş kafatasının üstünde dağınık birkaç tel beyaz saçı olan biri.

"Günaydın!" dedi, elini uzatırken alabildiğine gülümseyerek.

Ben de onu selamladım, şaşkın.

"Yazık ki sis tabakası her şeyi örtüyor," dedi eve bakarak. "Saint-Savin orada, dağda, bu evin de görkemli bir panoraması var. Pencerelerinden, aşağıdaki vadi görülüyor, yukarıda da dorukları karlı dağlar. Bunu biliyorsunuzdur herhalde."

O anda anlayıverdim: Manastırın başrahibiydi bu.

"Burada ne arıyorsunuz?" diye sordum. "Ve adımı nereden biliyorsunuz?"

Karşılık vermedi, buna karşın o da sordu.

"Eve mi gireceksiniz?"

"Hayır. Benim sorularımı cevaplamanızı istiyorum."

Biraz ısıtmak için ellerini ovuşturdu ve kaldırımın kenarına oturdu. Ben de onun yanına oturdum. Sis giderek yoğunlaşıyordu; kilise artık seçilmiyordu, oysa yirmi metre ötemizdeydi. Seçebildiğimiz tek şey kuyuydu. Kadının söyledikleri geldi aklıma.

"Burada," dedim.

"Kim burada?"

"Tanrıça. Bizi sarıp sarmalayan bu sis o."

"Demek ki size bundan söz etti!" diye bağırdı gülerek. "Tamam, ben ona Bakire Meryem demeyi yeğliyorum. Alışkanlık sorunu."

"Ne arıyorsunuz burada? Adımı nereden biliyorsunuz?" diye sordum yeniden.

"Buraya geldim, çünkü ikinizi de görmek istiyordum. Dün akşamki karizmatik gruptan biri bana, sizin Saint-Savin'de kalmakta olduğunuzu söyledi. Burası küçücük bir yerdir."

"Manastıra gitti o."

Rahip gülümsemeyi keserek başını salladı.

"Üzgünüm," diye mırıldandı, kendi kendine konuşur gibi.

"Manastırı ziyarete gitmiş olmasından dolayı mı üzgünsünüz?"

"Hayır, orada değil. Konuya geliyorum."

Birkaç dakika sessiz kaldı. Uyandığımda kafamı meşgul eden düşünceler yeniden aklıma geldi: para, alınacak karar, bizimkilere telefon, dönüş bileti. Ama kendime bir söz vermiştim ve bu sözü tutacaktım.

Şu anda yanımda duran bir kilise adamıydı. Çocukken, papazlara her şeyi anlatmak gerektiğini öğretmişlerdi bana.

"Artık tükendim," dedim, sessizliği bozmak için. "Bir haftadan az bir süre önce, kim olduğumu, yaşamdan ne beklediğimi biliyordum. Şimdiyse, beni oradan oraya savuran bir kasırganın tam ortasında kalmış gibiyim."

"Dayanın. Bu önemli."

Bu düşünce beni şaşırttı.

"Korkmayın," diye sürdürdü, düşüncelerimi okuyormuş gibi. "Kilisenin papazlara gereksemesi olduğunu biliyorum, o da çok iyi bir papaz olabilir. Ne var ki bunun karşılığında ödeyeceği bedel çok yüksek."

"Nerede? Beni burada bırakıp İspanya'ya mı döndü?"

"İspanya'ya mı? İspanya'da yapacak bir işi yok. Onun

evi, buradan birkaç kilometre ötedeki manastır. Ama şu anda orada değil. Ve ben, onu nerede bulabileceğimi biliyorum."

Bu sözler bana biraz cesaret verdi, yüreğime su serpti. En azından, çekip gitmemişti.

Ama papaz, artık hiç gülümsemiyordu.

"Gereğinden çok sevinmeyin," diye sürdürdü, içimden geçenleri yeniden okuyarak. "İspanya'ya dönseydi, daha iyi ederdi."

Ayağa kalktı ve kendisine eşlik etmemi söyledi bana. Görüş mesafesi birkaç metreyi geçmiyordu, ama o nereye gittiğini biliyor gibiydi. Önceki günün akşamı (Ya da yıllar önce miydi?) Bernadette'in öyküsünü dinlediğim yolu izleyerek Saint-Savin'den çıktık.

"Nereye gidiyoruz?" diye sordum.

"Onu bulmaya."

Yürürken şunları söyledim ona: "Peder, iyi kavrayamadığım bir şey var: Onun burada olmadığını söylediğimde, bana öyle geldi ki, yüzünüzde hüzünlü bir ifade belirdi."

"Dinsel yaşam hakkında ne biliyorsunuz, yavrum?"

"Çok az şey. Papazların, kendi arzularıyla yoksulluğu, dürüstlüğü ve itaati seçtiklerini."

Devam edip etmemem gerektiğini düşündüm bir an, sonra devam ettim:

"Ayrıca, kendileri de aynı günahları işlemekle birlikte başkalarının günahlarını yargıladıklarını. Evlilik ve aşk hakkında her şeyi bildiklerini sandıklarını, oysa yaşam boyu evlenmediklerini. Yaptığımız hatalar yüzünden cehennem ateşinde yanacağımızı söylediklerini, ama aynı hataları yapmaktan kendilerini alıkoyamadıklarını. Tanrı'yı bize, "tek oğlu"nu öldürdükleri için, insanlardan öc alan bir varlık olarak tanıttıklarını."

Güldü.

"Kusursuz bir Katolik eğitimi almışsınız. Oysa ben sizin Katoliklik hakkında ne bildiğinizi sormuyordum. Ruhani yaşam hakkında ne bildiğinizi soruyorum size."

Suskun kaldım.

"Tam olarak bilemiyorum," dedim sonunda. "Her şeyden vazgeçip Tanrı'yı arayan insanlar."

"Buluyorlar mı peki?"

"Bu sorunun cevabı sizde. Bu konuda benim hiçbir fikrim yok."

Soluk soluğa kaldığımı fark ederek adımlarını ağırlaştırdı.

"Yaptığınız tanımlama doğru değil," diye söze başladı. "Tanrı'yı aramaya kalkan kişi, yalnızca zaman yitirir. Bir sürü yol kat edebilir, bir sürü dini, bir sürü tarikatı kucaklayabilir – ama bunları yapmakla Tanrı'ya hiçbir zaman ulaşamaz. Tanrı, burada, şimdi, yanımızda. Onu, şu sisin içinde, şu toprağın üstünde, şu giysilerin, şu ayakkabıların içinde görebiliriz. Uyuduğumuz sırada melekleri bizi korur, çalışırken bize yardım eder. Tanrı'yı bulmak için, çevremize bakmamız yeterlidir. Ne var ki onunla karşılaşmak o kadar basit değil. Tanrı bize gizlerini açtıkça, yolumuzu daha da şaşırmış gibi hissederiz kendimizi. Çünkü o bize sürekli olarak, kendi düşlerimizi, kendi yüreğimizi izlememizi buyurur. İşte zor olan da budur, çünkü biz, farklı biçimde yaşama alışkanlıkları edinmişizdir. Bu yüzden Tanrı'nın, babamız olarak bizi mutlu görmek istediğini keşfettiğimizde şaşkınlığa düşeriz."

"Ve anamız," diye ekledim.

Sis açılmaya başlıyordu. Önünde, bir kadının sobaya atmak için odun topladığı küçük bir köy evini seçebiliyordum.

"Ve anamız, evet. Ruhani bir yaşam sürmek için manastıra girmek, oruç tutmak, dünya nimetlerine yüz çevirmek, dürüst olmak istemek, bütün bunları yapmak için yemin etmek gerekmez. İnanmak ve Tanrı'nın varlığını kabul etmek yeterlidir. Bunu yaptığı andan başlayarak herkes "onun yolu", "onun mucizeleri" haline gelir."

Sözünü kestim.

"Bana sizden söz etti. Bu öğrettiklerinizi bana o da öğretti."

"Umarım, onun sahip olduğu Tanrı vergisi yeteneği

kabul edersiniz. Çünkü bazılarının sahip olduğu bu tür yeteneklere insanlar kolayca inanmaz, tarih bize bunu öğretiyor. Mısır'da, Osiris'in uzuvları kesildi. Yunan tanrıları, ölümlüler yüzünden birbirine düştü. Aztekler, Quetzalcoatl'ı kovdular. Viking tanrıları, Walhalla'nın bir kadın yüzünden yanıp kül oluşunu izlemek zorunda kaldılar. Ve İsa çarmıha gerildi. Bütün bunlar neden?"

Ne cevap vereceğimi bilemiyordum.

"Çünkü Tanrı yeryüzüne, bizim gücümüzü bize göstermek için iner. Biz onun düşünün bir parçasıyız ve o, bu düşün mutlu olmasını ister. Bununla birlikte, ta içimizde bir yerde, Tanrı'nın bizi mutlu olmak için yarattığını bilirsek, bizi üzüntüye ve bozguna götüren her şeyin kendi hatamız olduğunu da kabullenmemiz gerekir. İşte bu yüzden, sonunda Tanrı'yı hep öldürürüz. İster çarmıhta, ister ateşte, ister sürgünde, ister yüreğimizin içinde olsun, öldürürüz onu."

"Ama ya onu anlayanlar..."

"İşte dünyayı değiştirenler onlardır. Çok büyük özveriler pahasına."

Çalı çırpı demetini taşıyan kadın, pederi görerek bize doğru geldi.

"Tanrı sizden razı olsun, peder!" diye bağırdı, ellerini öperek. "O genç adam, kocamı iyileştirdi."

"Onu Kutsal Bakire Anamız iyileştirdi," diye karşılık verdi peder, adımlarını sıklaştırarak. "O yalnızca bir aracı."

"O iyileştirdi, o iyileştirdi! İçeri girin, lütfen."

O anda, önceki geceyi anımsadım. Bazilikaya vardığımızda, bir adam bana şöyle demişti: "Mucizeler gerçekleştiren bir insanla birliktesiniz!"

"Acelemiz var," diye karşı çıktı papaz.

"Hayır, hiç acelemiz yok," dedim Fransızca, anadilim olmayan bir dille konuşmaktan çok çekindiğim halde. "Üşüdüm, bir kahve içsem iyi olacak."

Kadın, elimden tuttu ve birlikte içeri girdik. Ev konforlu sayılırdı, buna karşın lüks sayılacak hiçbir şey yoktu içerde; duvarlar taştan, tavan ve döşeme ağaçtandı. Altmış yaşlarında bir adam, şöminede yanan ateşin karşısına oturmuştu.

Pederi görür görmez yerinden kalktı, gelip elini öptü.

"Ayakta durmayın," dedi peder. "Henüz tam olarak iyileşmediniz."

"Daha şimdiden on kilo aldım," diye cevapladı yaşlı adam. "Ama henüz karıma yardımcı olamıyorum."

"Kaygılanmayın. Kısa bir süre sonra, kendinizi eskisinden daha iyi hissedeceksiniz."

"Nerede o delikanlı?" diye sordu adam.

"Her zaman gittiği yöne doğru gitti," dedi kadın. "Ama bugün arabayla geçti."

Papaz, bir şey söylemeden bana baktı.

"Bizi kutsayın, peder," dedi bunun üzerine kadın. "Onun sahip olduğu bu güç..."

Papaz, onun sözünü kesti.

"...Kutsal Bakire'nin gücü."

"...Kutsal Bakire'nin, evet, ama bu güce siz de sahipsiniz. Onu buraya siz getirdiniz."

Peder, bu kez gözlerini gözlerimden kaçırdı. Kadın üsteledi.

"Kocamı kutsayın, peder; ona dua edin."

Peder, derin bir nefes aldı.

"Önüme gelip ayakta durun," dedi adama.

Yaşlı adam, söyleneni yaptı. Peder, gözlerini yumdu ve bir dua okudu. Sonra Kutsal Ruh'u anarak ondan varlığını belli etmesini ve bu adama yardım etmesini diledi.

Birden, sözcükler ağzından çok hızlı çıkmaya başladı. Sözcükleri seçemiyordum ama bu bir "şeytan kovma duası"nı andırıyordu. Ellerini yaşlı adamın omuzlarına koyuyor, sonra, kollarından parmaklarının ucuna kadar indiriyordu. Bu hareketi birçok kez yineledi.

Ocaktaki ateş, daha çok çıtırdamaya başladı. Bir rastlantıydı belki, ya da papaz –kim bilir?– belki de nesneler arasında girişimin var olduğu bir alana giriyordu ve ben bunun farkında değildim.

Kadın ve ben, odunların her çıtırdayışında yerimizden sıçrıyorduk. Peder, buna hiç dikkat etmiyordu; kendini bütünüyle yaptığı işe vermişti – Bakire Anamızın varlığının belirtisi, diye açıklayacaktı biraz sonra. Anlaşılması olanaksız bir dil kullanıyordu. Sözcükleri, insanı şaşırtan bir hızla söylüyordu. Elleri şimdi hareketsiz, karşısında duran adamın omuzlarındaydı.

Bu belirtiler, birden başladığı gibi hızla sona erdi. Peder, döndü ve sağ eliyle büyük bir haç çizerek bilinen kutsama işaretini yaptı.

"Tanrı, bu evi hiç terk etmesin!" dedi.

Ve bana dönerek, yola devam etmemizi istedi.

"İyi ama kahve?" dedi kadın, gitmeye davrandığımızı görerek.

"Şimdi kahve içersem uyuyamam," diye cevapladı peder.

Kadın güldü ve şuna benzer bir şeyler mırıldandı: "İyi ama henüz sabah!" Biz yola koyulmuştuk bile, tam olarak işitemedim.

"Bu kadın, kocasını iyileştiren bir genç adamdan söz etti, peder. Bu kişi o idi, değil mi?"

"Evet."

Kendimi iyi hissetmemeye başladım. Önceki günü, Bilbao'yu, Madrid'deki konuşmayı, mucizelerden söz eden insanları, öteki insanlarla el ele tutuşmuş dua ederken hissettiğim varlığı anımsıyordum.

İnsanları iyi etme yeteneği bulunan bir adamı seviyordum. Kendi geleceğini çizebilecek, başkalarının acılarını azaltabilecek, hastalara şifa, yakınlarına umut verebilecek gücü olan bir adam. Bu misyon, beyaz perdeleri olan bir evle bağdaşmıyordu.

"Kendinizi suçlamayın, kızım."

"Düşüncelerimi okuyorsunuz."

"Doğru. Bende de Tanrı vergisi bir yetenek var ve bu yeteneğe layık olmaya çalışıyorum. Bakire Anamız bana, insanların duygusal karmaşasına girmeyi, onları olabildiğince iyi yola yöneltmeyi öğretti."

"Siz de mucizeler gösteriyorsunuz."

"İnsanları iyileştirme yeteneği yok bende. Kutsal Ruh'un sahip olduğu yeteneklerden biri var yalnızca."

"Böylece, içimden geçenleri okuyabiliyorsunuz. Dolayısıyla da onu sevdiğimi ve bu aşkın gitgide büyüdüğünü biliyorsunuz. Biz, dünyayı onunla birlikte keşfettik ve o dünyadayız hâlâ. Şimdiye kadar, istesem de istemesem de o benim yaşamımın her gününde var oldu."

Yanımda yürüyen bu din adamına ne diyebilirdim? Yaşamıma başka erkeklerin girdiğini, sevdiğimi ve evlenmiş olsaydım mutlu olacağımı ona anlatamazdım. Küçük bir çocukken, Soria'nın bir meydanında aşkı bulmuş, sonra da yitirmiştim. Her şeyin geri gelmesi için, geçirdiğim üç gün yetmişti bana.

"Mutlu olmaya benim de hakkım var, peder. Yitirdiğim şeyi buldum ben; onu bir kez daha yitirmek istemiyorum. Mutluluğum için savaşacağım. Bu savaştan vazgeçersem, aynı anda ruhani yaşamdan da vazgeçerim. Bunu yapacak olursam, sizin de söylediğiniz gibi, Tanrı'yı, yeteneğimi, kadınlık gücümü kendi ellerimle itmiş olurum. O insanı elimde tutmak için savaşacağım."

Bu iyi yürekli adamın ne yapmaya çalıştığını biliyordum. Onu terk etmem için beni ikna etmeye gelmişti, çünkü onun yerine getirilecek daha önemli bir misyonu vardı.

Hayır, yanımda yürüyen din adamının bizim evlendiğimizi ve Saint-Savin'de, deminki evin benzeri bir evde oturduğumuzu görmekten mutlu olacağına inanamazdım. Bunu, beni kandırmak için söylüyordu, direncimi kırmak, sonra da –bir gülümsemeyle– beni kafamın içindeki düşüncenin tersine inandırmak için söylüyordu.

Düşüncelerimi okudu, ama bir şey söylemedi. Belki de yanıltıyordu beni. İnsanların neler düşündüğünü sezmiyor muydu nasıl olsa? Sis hızla kalkıyordu; şimdi yolu, dağın yamacını, tarlaları ve karla kaplı ağaçları seçebiliyordum. Heyecanım da yatışıyordu.

Allah kahretsin! Bu doğruysa eğer, bu din adamı insanların düşüncelerini gerçekten okuyabiliyorsa, okusun bakalım, ve her şeyi bilsin! Dün benimle sevişmek istediğini bilsin, benim buna yanaşmadığımı bilsin, bu yüzden de kendime kızdığımı bilsin! Dün, beni bırakıp gidecek olursa, eski çocukluk arkadaşımı hiçbir zaman aklımdan çıkaramayacağımı sanıyordum. Saçmaydı bu. Onu içime almamıştım, ama daha da derine işleyen bir şey olmuştu ve bu, yüreğimden yakalamıştı beni.

"Onu seviyorum, peder," diye yineledim.

"Ben de seviyorum. Aşk insana her zaman akılsızca şeyler yaptırır. Ona olan sevgim, içinde bulunduğum şu durumda, onu kendi yazgısından uzaklaştırmaya zorluyor beni."

"Onu benden çekip almakta zorlanacaksınız peder. Dün, mağaranın önünde yaptığımız dualar sırasında, ima ettiğiniz o yetenekleri ben de kendimde uyandırabileceğimi keşfettim. Ve onu yanımda tutabilmek için bu yeteneklerden yararlanacağım."

"Öyle olsun!" diye bitirdi, hafifçe gülümseyerek. "Belki de başarırsınız."

Durdu, cebinden bir tespih çıkardı. Sonra, tespih parmaklarının arasında, gözlerimin ta içine baktı.

"İsa, yemin etmemek gerektiğini söylemişti, onun için yemin etmeyeceğim. Ama şu anda size, kutsal saydığım şeylerin huzurunda, onun sıradan bir din adamı gibi yaşamasını dilemediğimi söylüyorum. Papaz atanmasını istemiyorum. Tanrı'ya, daha birçok yoldan hizmet edebilir. Sizin yanınızda."

Doğruyu söylediğine inanmakta güçlük çekiyordum. Ama öyleydi.

"Orada," dedi peder.

Döndüm. Biraz uzakta park etmiş olan arabayı gördüm. İspanya'dan birlikte geldiğimiz arabaydı bu.

"Genellikle hep yaya gelir," dedi gülümseyerek. "Bu kez bizim üstümüzde, çok büyük bir yolculuk yapmış izlenimi bırakmak istedi."

Ayağımdaki tenis çorapları kardan sırılsıklam olmuştu. Pederin ayağındaysa, açık sandaletlerle yün çoraplar vardı; bu yüzden, şikâyet etmedim. O, bu duruma katlanıyorsa benim de katlanmam gerekiyordu. Tepelere tırmanmaya başladık.

"Çok var mı daha?"

"En fazla yarım saatlik bir yürüyüş."

"Nereye gidiyoruz?"

"Onu bulmaya. Öteki insanları da."

Daha fazla konuşmak istemiyordu, bunu hissettim. Belki de bütün gücünü tırmanmaya vermek istiyordu. Sessizlik içinde yürüdük; sis neredeyse bütünüyle dağılmış gibiydi, güneşi sarı bir küre halinde yeniden görmeye başlıyorduk. Vadi ilk kez bütünüyle gözlerimin altındaydı: tabanında akan ırmak, dağınık birkaç kulübe ve dağın yamacında asılı gibi duran Saint-Savin. Kilisenin çan kulesini, o ana kadar fark etmemiş olduğum bir mezarlığı ve önyüzleri ırmağa bakan Ortaçağ evlerini seçebiliyordum.

Biraz altımızda, demin geçtiğimiz yerlerden birinde, bir çoban şimdi koyun sürüsünü güdüyordu.

"Yoruldum," dedi peder. "Biraz duralım."

Üzerindeki karları temizleyip sırtımızı bir kayaya verdik. Peder terlemişti – ayakları donmuştu herhalde.

"Aziz Santiago güç versin bana, çünkü onun izlediği

yolu bir kez daha izlemek istiyorum," dedi, bana doğru dönerek.

Bu düşüncesinin ne anlama geldiğini kestiremedim, konuyu değiştirmeyi yeğledim.

"Karın üstünde ayak izleri var," dedim.

"Bazıları, avcıların ayak izi. Ötekiler de bir geleneği sürdürmek isteyen erkeklerin ve kadınların ayak izleri."

"Hangi geleneği?"

"Aziz Savin'in geleneğini. Dünyadan elini eteğini çekip bu dağlara gelmek ve buradan Tanrı'nın görkemini hayranlıkla izleme geleneği."

"Peder, bir şeyi artık anlamam gerekiyor. Düne kadar, dinsel yaşamla evlilik arasında duraksayan bir erkekle birlikteydim. Bugün, bu erkeğin mucizeler gerçekleştirdiğini öğreniyorum."

"Hepimiz mucizeler gerçekleştiririz. İsa şöyle demişti: Bir hardal tohumunun içinde taşıdığı güce inanacak olursak, karşımızdaki dağa, 'Hareket et!' diyebiliriz, dağ da hareket eder."

"Sizin ağzınızdan duymak istediğim, din dersi değil, peder. Bir erkeği seviyorum ve onun hakkında daha çok bilgi sahibi olmak, onu anlamak, ona yardımcı olmak istiyorum. Herkesin yapabileceği ya da yapamayacağı şeyler beni ilgilendirmiyor."

Derin bir soluk aldı. Bir an kararsız kaldı, ama sözünü hemen sürdürdü:

"Endonezya'daki adalardan birinde, maymunları inceleyen bir bilgin, bir dişi maymuna, bulduğu patatesleri yemeden önce, ırmağın suyunda yıkamayı öğretmişti. Üzerindeki kumlardan ve çamurlardan temizlendiğinde patates daha lezzetli oluyordu. Bunu yalnızca, söz konusu maymunların öğrenme yetenekleri üzerinde bir inceleme kaleme aldığı için yapan bilgin, bunun neye yol açacağını düşünemezdi. Adadaki öteki maymunların da o dişi maymunun yaptığını yapmaya başlamaları onu çok şaşırtmıştı. Öyle ki, günün birinde belirli sayıda maymun patates yıkamayı öğrendiğinde, takımadalarda yaşayan bütün maymunlar aynı şeyi yapmaya başladı. İşin en şaşırtıcı yanı, öteki hayvanların bunu, deneyin yapıldığı adadaki maymunlarla hiç temasları olmadığı halde öğrenmeleriydi."

"Anladınız mı?"

"Hayır."

"Bu konuda çeşitli bilimsel araştırmalar yapıldı. Bu durumun, bilim adamlarının büyük çoğunluğunca kabul edilen açıklaması şöyle: Bir türü oluşturan belirli sayıda birey evrim geçirdiğinde, tür, bütünüyle evrimleşir. Bu bireylerin ne sayıda olması gerektiği bilinmiyor, ama evrimin böyle gerçekleştiği biliniyor."

"Bu, Bakire Anamızın günahsız gebeliğinin öyküsüne benziyor," dedim. "O aynı zamanda hem Vatikan'daki bilgelere hem de cahil köylü kadınına görünmüştü."

"Dünyanın bir ruhu vardır ve bir an gelir o ruh, etkisini herkesin ve her şeyin üstünde aynı anda gösterir."

"Dişi bir ruh."

Güldü, ama bana bu gülüşün anlamını açıklamadı.

"Bakire Anamızın günahsız gebeliği, yalnızca Vatikan'ın sorunu olmamıştır belki de," diye sürdürdü. "Sekiz milyon insan, bir dilekçenin altına imza koyup papaya göndermişti. Bu imzalar dünyanın her yanından insanlara aitti. Konu askıdaydı."

"Atılan ilk adım bu muydu, peder?"

"Neyin ilk adımı?"

"Bakire Anamızın, Tanrı'nın kadın yüzünün ete kemiğe bürünmesi olduğunu düşünmeye götürecek davranışın ilk adımı. Her şey bir yana, İsa'nın, Tanrı'nın erkek yüzünün ete kemiğe bürünmüş biçimi olduğunu biliyoruz."

"Ne demek istiyorsunuz?"

"İçinde kadının da yer alacağı bir Teslis'in varlığını ne zaman kabul edeceğiz? Ana, Oğul ve Kutsal Ruh'tan oluşan bir Teslis?"

"Yola koyulalım," dedi. "Burada hareketsiz kalamayız, hava çok soğuk."

"Biraz önce sandaletlerimi incelediniz," dedi.

"İnsanların düşüncelerini gerçekten okuyor musunuz?"

Cevap vermedi.

"Size, öykünün bir bölümünü anlatacağım. Bizim tarikatımızın kuruluş öyküsünün bir bölümünü. Bizler, Avilalı Azize Teresa'nın koyduğu kurallara göre kurulmuş, Carmel Dağı rahipleri adı verilen kişileriz. Sandaletler, bu kuralların bir parçasını oluşturur; insanın kendi bedenine egemen olabilmesi, aklına da egemen olması anlamına gelir.

"Teresa, çok iyi bir eğitim görmesi için babasınca manastıra verilmiş güzel bir genç kızdı. Günün birinde, manastırın bir koridorunda yürürken İsa ile konuşmaya başladı. Kendinden geçişleri öylesine güçlü, öylesine derindi ki, sonunda kendini bütünüyle bu işe adadı ve kısa sürede yaşamı bütünüyle değişti. Carmelite manastırlarının, gerçek birer evlendirme bürosuna dönüştüğünü gördüğünden, İsa'nın ve Carmel'in özgün öğretilerini izleyecek yeni bir tarikat kurmaya karar verdi.

"Azize Teresa'nın, önce kesin kanıya varması, sonra da yaşadığı dönemin güçlerine, Kilise'ye ve Devlet'e karşı durması gerekti. Her şeye karşın, seçtiği yolda ilerlemekte duraksamadı; misyonunu yerine getirmesi gerektiğine inanmıştı. Ruhunun gücünü yitirmeye başladığı bir gün, oturmakta olduğu evin kapısına, paçavralara bürünmüş bir kadın geldi. Ne pahasına olursa olsun, rahibe ana ile konuşmak istiyordu. Evin sahibi ona sadaka verdi, ama o bunu kabul etmedi. Teresa ile konuşmadan bir yere adım atmayacaktı.

"Üç gün boyunca, aç ve susuz, kapının önünde bekledi. Rahibe, ona acıdığından, içeri girmesine izin vermelerini istedi.

"'Hayır,' dedi ev sahibi, 'bu kadın deli.'

"'Herkese kulak verecek olursam, sonunda ben de deli olduğuma inanmaya başlayacağım,' diye cevapladı rahibe. 'Bu kadında da benimki gibi bir delilik bulunabilir: çarmıha gerilmiş İsa deliliği.'"

"Azize Teresa, İsa ile konuşuyordu," dedim.

"Evet. Biz kendi öykümüze dönelim. Rahibe, sözü edilen kadını sonunda kabul etti. Kadın, Granadalı olduğunu, adının María de Jesús Yepes olduğunu söyledi. Bakire Meryem ona görünüp kendisinden tarikatın özgün kurallarını uygulayacak bir manastır kurmasını istediğinde, din öğrenimi görmekteymiş."

"Azize Teresa gibi," diye düşündüm.

"María de Jesús, Meryem kendisine göründüğü gün, manastırdan ayrılıp çıplak ayakla Roma'ya kadar gitmiş. Bu hac yolculuğu iki yıl sürmüş; yolculuk sırasında yıldızların altında uyuyor, soğuğa ve sıcağa katlanıyor, kendisine acıyanların verdiği sadakalarla karnını doyuruyormuş. Hedefine varması bir mucizeymiş. Ama Papa IV. Pius tarafından kabul edilmesi daha da büyük bir mucize olmuş."

"Çünkü Papa da, Teresa ve daha birçokları gibi aynı şeyi düşünüyormuş," diye karşılık verdim.

Bernadette'in, Vatikan'ın kararını bilmediği, öteki maymunların yapılmakta olan deneyi bilmedikleri, María de Jesús'un ve Teresa'nın, birbirlerinin ne düşündüğünü bilmedikleri gibi.

Bütün bunların anlamını yavaş yavaş sezmeye başlıyordum.

Şimdi bir ormanın içinde yürüyorduk. Yapraksız, karla kaplı yüksek dallar, güneşin ilk ışıklarını alıyordu. Sis, bütünüyle dağılıyordu.

"Sözü nereye getirmek istediğinizi anlıyorum, peder."

"Evet. Yaşadığımız dünyada birçok insan da içinde aynı buyruğu duyuyor. Düşlerinizi izleyin. Yaşamınızı, Tanrı'ya götüren bir yola dönüştürün. Kendi mucizelerinizi gerçekleştirin. İyileştirin. Peygamberce sözler edin. Koruyucu meleğinize kulak verin. Bir savaşçı olun ve verdiğiniz savaş sizi mutlu kılsın."

"Tehlikelere atılın."

Güneş, şimdi her şeye vuruyordu. Kar parlıyor, aşırı ışık gözümü rahatsız ediyordu. Öte yandan bu aydınlık, pederin söylediklerini tamamlar gibiydi.

"Peki, bütün bunların onunla ne ilgisi var?"

"Size, öykünün kahramanlık yanını gösterdim. Ama siz, bu kahramanların ruhları hakkında hiçbir şey bilmiyorsunuz."

Konuşmasına uzun bir ara verdi.

"Acı çekmek," diye sürdürdü. "Dönüşüm dönemlerinde, kendini kurban edenler çıkar ortaya. İnsanların, düşlerinin peşinde koşma olanağını elde etmelerinden önce, başkalarının kendilerini feda etmeleri gerekir. Bu insanların, gülünç duruma düşmeye, kötü muamele görmeye, yaptıklarını değersiz gösteren her türlü davranışa karşı durmaları gerekir."

"Büyücü kadınları yakan Kilise'ydi, peder."

"Evet. Roma da Hıristiyanları aslanlara atmıştı. Odunların üstünde yakılanlar ya da arenada ölenler, o anda sonsuz huzura kavuştular – ve böyle olması iyilik getirdi. Ama günümüzde, kutsal aydınlık savaşçıları, din şehitliği mertebesiyle taçlanan ölümden çok daha kötü bir duruma karşı durmak zorundalar. Utanç ve aşağılanma bu insanları yiyip bitiriyor. Fatima'nın neşe dolu çocukları aynı durumla karşı karşıya kaldılar örneğin: Jacinta ve Francisco, birkaç ay içinde ikisi de öldü; Lucia bir manastıra kapandı ve oradan bir daha hiç çıkmadı."

"Ama Bernadette'in başına böyle bir şey gelmedi."

"Evet. O da kapanmak, aşağılanmaya, insanların gözünde değerini yitirmeye katlanmak zorunda kaldı. Onun, bunları size anlatmış olması gerek. Kendisine görünen varlığın ona neler söylediğini size aktarmış olması gerek."

"Yalnızca bir bölümünü."

"Meryem Anamızın Lourdes'da ona göründüğü sıralarda söylediği cümleler, yarım defter sayfasını ancak doldurur. Ne var ki Kutsal Bakire ona özellikle şunu söylemiştir: 'Sana bu dünyada mutluluk vaat etmiyorum.' Bu ender sözlerden biri, neden Bernadette'i önceden uyaran ve onu teselli eden sözlerdi? Çünkü kendisine verilen misyonu kabul ettiğinde, kızcağızı bekleyen üzüntüleri biliyordu."

Güneşe, kara, çıplak ağaçlara bakıyordum.

"O, devrimci biri," diye sürdürdü; ve sesinde alçakgönüllülük vardı. "Bir güç var onda; Bakire Anamızla konuşuyor. Enerjisini tam olarak toplamayı başarırsa, öncüler arasındaki yerini alabilir, insan türünün dönüşümünün rehberlerinden biri olabilir. Dünyamız şu anda en önemli dönüm noktalarından birini yaşamakta.

"Bununla birlikte, seçimi o yönde olursa, büyük acılar yaşayacak. Ona gönderilen ışık, vaktinden önce gelmiş durumda. Ve insan ruhunu, onun başına bundan böyle ne geleceğini bilecek kadar tanıyorum."

Peder, bana dönerek omuzlarımdan tuttu.

"Size yalvarıyorum," diye ekledi. "Kendisini bekleyen acılardan ve tragedyadan uzaklaştırın onu. O buna dayanamaz."

"Onu ne kadar çok sevdiğinizi anlıyorum, peder."

Başını salladı.

"Hayır, hiçbir şey anlamıyorsunuz. Bu dünyanın ne kadar kötü olduğunu anlayabilmek için henüz çok gençsiniz. Şu anda siz de kendinizi bir devrimci gibi görüyorsunuz. Onunla birlikte dünyayı değiştirmek, yeni yollar açmak, aşkınızı efsaneye dönüştürecek, kuşaktan kuşağa aktarılmasını sağlayacak bir şeyler yapmak istiyorsunuz. Aşkın her şeyin üstesinden gelebileceğine inanmayı sürdürüyorsunuz."

"Gelemez mi?"

"Evet, kuşkusuz. Ama zamanı geldiğinde. Gökyüzündeki kavgalar sona erdiğinde."

"Onu seviyorum. Ve sonunda aşkımın üstün gelmesi için, gökyüzündeki kavgaların sona ermesini beklemeye niyetim yok."

Bakışları uzaklaştı.

"Babil ırmakları kenarında, orada oturduk ve ağladık," dedi, kendi kendisiyle konuşur gibi. "İçindeki söğütler üzerine çenklerimizi astık.[1]"

"Ne kadar hüzünlü," diye karşılık verdim.

"Bunlar, bir mezmurun ilk dizeleridir. Sürgünden söz eder, Vaat Edilmiş Topraklar'a ulaşmak isteyen, ama bunu başaramamış olan kişilerin sözleridir. Ve bu sürgün bir süre daha uzayacaktır. Cennete vaktinden önce dönmek isteyen birinin çektiği acıyı dindirmek için benim elimden ne gelir ki?"

"Bir şey gelmez, peder. Hiçbir şey gelmez."

"İşte orada," dedi peder.

1. Tevrat, Mezmurlar 137. (Y.N.)

Gördüm onu. Benden, iki yüz metre kadar uzaktaydı, karlar üstünde diz çökmüştü. Sırtı çıplaktı ve –uzaktan da olsa– sırtının derisinin, soğuktan morlaşmış olduğunu fark edebildim.

Başını eğmiş, ellerini dua eder gibi birbirine kavuşturmuştu. Dün akşam katıldığım dua töreninden mi, yoksa yoksul evinin önünde çalı çırpı toplayan kadını görmüş olmamdan mı etkileniyordum bilemiyorum ama içimde, görkemli bir ruhani güce sahip bir insana bakıyormuş duygusu vardı. Bu dünyaya ait olmayan biriymiş – Tanrı'yla ve göklerin en üst katlarında oturan aydınlık ruhlarla bağlantı halinde yaşayan biriymiş izlenimi bırakıyordu. Çevresindeki karların parlaklığı, bu izlenimi daha da güçlendiriyordu.

"Bu dağda," dedi peder, "sürekli tapınma halinde olan, kendini Tanrı'yla ve Bakire Anamızla bütünleşmeye vermiş olan daha birçok kişi var. Meleklere, azizlere, peygamberlerce sözlere, bilgece sözlere kulak veriyor, bütün bunları, küçük bir inananlar grubuna aktarıyorlar.

"Ama o burada kalmayacak. İnsanların arasına karışıp onları Büyük Anamızla ilgili düşünceler hakkında aydınlatacak. Kilise şu anda bu konuya kulaklarını kapatmış durumda. Ve insanların ellerinde taşlar var, bu konuyu ilk kez açacak olan kişiye fırlatılmaya hazır taşlar."

"Ve onun ardından gelenlere atılmaya hazır çiçekler."

"Evet. Ama ona çiçek atılmayacak."

Ve ona doğru ilerlemeye başladı.

"Nereye gidiyorsunuz?" diye sordum.

"Onu tefekküründen uyandırmaya. Ona sizden hoşlandığımı söylemeye. Ve birlikteliğinizi kutsadığımı söylemeye. İkinizi burada, onun için kutsal olan bu yerde kutsayacağım."

İçim bulandı sanki, korkuya kapılmış gibiydim, ama bunun nedenini sezemiyordum.

"Düşünmem gerek, peder. En uygun davranışın bu olup olmadığını bilemiyorum."

"Hayır, değil. Birçok ana baba çocukları hakkında yanılıyor, çünkü aldıkları kararların çocukları için en uygun kararlar olduğuna inanıyorlar. Ben sizin babanız değilim, yaptığım şeyin de yapılması gereken şey olmadığını biliyorum. Ne var ki kendi yazgımı yerine getirmeliyim."

Giderek daha çok bunalıyordum.

"Araya girmeyelim," dedim. "Bırakın, tefekkürünü bitirsin."

"Orada olmaması gerekirdi. Sizinle birlikte olması gerekirdi."

"Belki de Bakire Anamızla konuşuyordur."

"Olabilir. Yine de onun yanına gitmeliyiz. Beni sizinle birlikte görürse, size her şeyi anlattığımı anlayacaktır. Ayrıca, benim ne düşündüğümü de biliyor."

"Bugün, Bakire Anamızın günahsız gebeliğini kutladığımız gün," diye üsteledim. "Onun için çok özel bir gün. Dün akşam, mağaranın önünde, ne büyük bir sevinç içinde olduğuna tanık oldum."

"Bakire Anamızın günahsız gebeliği, hepimiz için önemlidir. Ama şu anda din tartışması yapmak istemeyen, bu kez benim; haydi, yanına gidelim onun."

"Neden şimdi, peder? Neden şu anda?"

"Çünkü şu anda kendi geleceği hakkında karar almakta. Ve iyi olmayan yolu seçme olasılığı var."

Ters yöne döndüm ve biraz önce tırmandığımız yoldan aşağı inmeye başladım. Beni izledi.

"Ne yapıyorsunuz? Onu kurtarabilecek tek kişi sizsiniz, bunu anlamıyor musunuz? Sizi sevdiğini, sizin için her şeyden vazgeçebileceğini görmüyor musunuz?"

Yürüyüşümü giderek hızlandırıyordum, benim yanımda yürümekte zorlanıyordu.

"Tam şu anda seçimini yapıyor. Belki de sizden ayrılmayı seçiyordur. Sevdiğiniz insanı kazanmak için savaşın!"

Ama ben durmadım. Elimden geldiğince hızlı yürümeyi sürdürerek dağı, din adamını, seçimleri ardımda bıraktım. Peşimden seğirten adam, düşüncelerimi okuyordu, bundan emindim ve beni yolundan alıkoymak için yapacağı her türlü girişimin boş olduğunu biliyordu. Buna karşın üsteliyor, kanıtlar getiriyor, sonuna kadar savaşıyordu.

Sonunda, yarım saat önce dinlendiğimiz kayaya geri dönmüştük. Tükenmiş olarak kendimi yere bıraktım. Hiçbir şey düşünmüyordum. Oradan kaçmak, yalnız başıma kalmak, düşünmek için zaman kazanmak istiyordum.

Birkaç dakika sonra peder de geldi, bu hızlı yürüyüş onu da bitkin düşürmüştü.

"Bizi çevreleyen şu dağları görüyor musunuz? Onlar dua etmiyor; onlar zaten Tanrı'nın duası. Öylece duruyorlar, çünkü dünyadaki yerlerini bulmuşlar ve buldukları bu yerde kalmayı sürdürüyorlar. İnsanlar gökyüzüne bakmaya, gök gürültüsünü duymaya ve bütün bunları kimin yarattığını düşünmeye başlamadan önce de oradaydılar. Doğuyoruz, acı çekiyoruz ve ölüyoruz, ama o dağlar hep orada. Bir an geliyor, bu kadar çaba göstermeye değip değmediğini soruyoruz kendi kendimize. Neden şu dağlar gibi olmayalım – bilge, yaşlı ve yerli yerinde? Kendilerine öğretilen şeyi kısa sürede unutup başka bir serüvene koşacak bir avuç insanı değiştirmek uğruna neden her şeyi riske atalım? Belirli sayıda maymun insanın öğrenmesini, böylelikle de bilginin acılara neden olmadan tüm öteki adalara yayılmasını neden beklemeyelim?"

"Tam olarak böyle mi düşünüyorsunuz, peder?"

Kısa bir süre sustu.

"Düşünceleri okuyor musunuz? Hayır okumuyorsunuz. Zahmetine değdiğine gerçekten inanmasaydınız, dinsel yaşamı seçmezdiniz."

"Sık sık, yazgımın ne olduğunu anlamaya zorluyorum kendimi. Ve bunu başaramıyorum. Tanrı'nın ordusuna katılmayı kabul ettim, ama yaptığım tek şey, insanlara yoksulluğun ve acının ve adaletsizliğin neden var olduğunu açıklamak. Onları iyi birer Hıristiyan olmaya çağırıyorum, onlar da bana soruyorlar: 'Dünya üzerinde bu kadar çok acı varken, Tanrı'ya nasıl inanabilirim?' Ve ben, açıklanması olanaksız olanı açıklamaya çalışıyorum onlara. Bir düzen olduğunu, melekler arasında bir savaşın süregittiğini ve her birimizin bu savaşın bir parçası olduğumuzu, bu durumu değiştirecek sayıda insan yeterince inanca kavuştuğunda, tüm öteki insanların –gezegenimizin her yanında– bu değişimin iyiliklerinden yararlanacağını anlatmaya çalışıyorum onlara. Ama inanmıyorlar bana. Kılını kıpırdatmıyor hiçbiri."

"Onlar da dağlar gibi. Bu dağlar güzel. Karşısında bu dağları bulan kişi, yaratılışın görkemini düşünmeden edemez. Her biri Tanrı'nın bize olan sevgisinin canlı birer örneği, ne var ki onların yazgısı, yalnızca tanıklık etmek. Devinip duran ve doğayı dönüşüme uğratan ırmaklar gibi değil."

"Doğru. Peki, insanlar da neden dağlar gibi olmasın?"

"Kim bilir, belki de dağların korkunç bir yazgısı vardır. Hep aynı doğayı izlemek zorundadırlar."

Bir şey söylemedi.

"Bir dağa dönüşmeye zorladım kendimi," diye sürdürdüm. "Her şey yerli yerindeydi. Kamu yönetiminde bir işim olacak, evlenecek, artık inanmadığım halde çocuklarıma büyüklerimin dinini öğretecektim. Bugün bütün bunları, sevdiğim adamın peşinden gitmek için bir kenara ittim. Ne mutlu ki artık dağ olmaktan vazgeçtim – o duruma uzun süre katlanamazdım."

"Bilgelik dolu sözler ediyorsunuz."

"Kendimi her zaman şaşırtmışımdır. Eskiden, çocukluğumdan başka bir şeyden söz edemiyordum hiç."

Ayağa kalktım. Papaz, suskunluğuma saygı gösterip yeniden yola koyuluncaya kadar konuşmayı yeniden sürdürmeye çalışmadı.

Ellerini tuttum ve öptüm.

"Size allahaısmarladık diyeceğim. Ancak şunu bilmenizi istiyorum ki, sizi anlıyorum, ona olan sevginizi de anlıyorum."

Gülümsedi ve beni kutsadı.

"Ben de sizin ona olan sevginizi anlıyorum," diye cevapladı.

Günün geriye kalan bölümünü vadide dolaşarak geçirdim. Karlarla oynadım, Saint-Savin yakınındaki bir köyden geçtim, orada ciğer ezmeli bir sandviç yedim, top oynayan çocuklara baktım.

Bir başka kasabanın kilisesinde bir mum yaktım. Gözlerimi yumup bir gün önce öğrendiğim duaları yineledim. Sonra, anlamı olmayan sözcükler döküldü ağzımdan – sahın ardındaki bir haça kendimi bütünüyle yoğunlaştırdığım sırada oldu bu. Yavaş yavaş, bilinmeyen bir dil kullanma yeteneği içime yerleşmeye başladı. Sandığımdan daha kolaydı.

Bu, başkalarına saçma gelebilir – cümleler mırıldanmak, aklımıza hiçbir şey ifade etmeyen bilinmez sözcükler söylemek. Ama Kutsal Ruh, ruhuma sesleniyor, duymak istediği sözcükleri söylettiriyordu bana.

Kendimi yeterince arınmış hissettiğimde, gözlerimi kapayıp dua ettim.

"Kutsal Bakire, bana inanç ver. Senin düşüncelerini gerçekleştiren bir araç olmamı sağla. İçimdeki sevginin bana yaşamı öğretmesine izin ver. Çünkü sevgi, kimseyi düşlerinden uzaklaştırmamıştır. Sevdiğim erkeğin dostu ve destekçisi olmamı sağla. Yapması gereken her şeyi yapabilsin – benim yanımda."

Saint-Savin'e döndüğümde, neredeyse gece bastırmıştı. Araba, oda kiraladığımız evin önünde duruyordu.

"Nerelerdeydin?" diye sordu, beni görür görmez.

"Yürüyüş yaptım ve dua ettim."

Beni kollarının arasında sıkı sıkı tuttu.

"Zaman zaman, beni bırakıp gitmiş olmandan korktum. Sen, bu dünyada benim için en değerli şeysin."

"Sen de benim için," diye karşılık verdim.

San Martín de Unx yakınındaki bir köyde mola verdik. Bir gün önce yağan yağmur ve kar yüzünden, Pireneler'i aşmak düşündüğümüzden daha uzun sürmüştü.

"Acıktım," dedi, arabadan inerken.

Yerimden kıpırdamadım.

"Gel," diye üsteledi, benim tarafımdaki kapıyı açarak.

"Sana bir soru sormak istiyorum. Karşılaştığımızdan bu yana henüz sormadığım bir soru."

Yüzünde hemen ciddi bir ifade belirdi. Bu kaygılı hali beni eğlendirdi.

"Önemli mi?"

"Çok," diye cevapladım, ciddi bir hava takınmaya çalışarak. "Sorum şu: Nereye gidiyoruz?"

İkimiz de kahkahayla güldük.

"Zaragoza'ya," diye cevap verdi, içi rahatlamış olarak.

Arabadan indim ve açık bir lokanta aramaya başladık. O saatte açık bir lokanta bulmak neredeyse olanaksızdı.

"Hayır, olanaksız değil. Öteki, artık benimle birlikte değil. Mucizeler olabilir," dedim içimden.

"Ne zaman Barcelona'da olman gerekiyor?" diye sordum.

Hiçbir şey söylemedi, gülümsemedi de. "Bu tür sorular sormaktan kaçınmam gerekiyor," diye düşündüm.

"Onda, yaşamını denetim altına almaya çalışıyormuşum izlenimi bırakabilir."

Bir süre konuşmadan yürüdük. Meydanda ışıklı bir ilan vardı: Mesón El Sol.

"Açık. Gidip bir şeyler atıştıralım," dedi yalnızca.

İçi ançüezle doldurulmuş kırmızı biberler, yıldız biçiminde dizilmişti. Yanında, ince dilimler halinde kesilmiş, neredeyse saydam Mancha peyniri vardı. Masanın ortasında, yanan bir mum ve yarısı dolu bir şişe Rioja şarabı duruyordu.

"Burası, bir Ortaçağ hanıydı," dedi, bize hizmet eden garson.

O saatte, barda kimsecikler yoktu. Kalktı, telefon etti, sonra masaya döndü. İçimden kimi aradığını sormak geçti, ama bu kez kendimi tutmayı başardım.

"Saat sabahın iki buçuğuna kadar açığız," dedi garson. "İsterseniz, biraz daha jambon, peynir ve şarap getirebilirim, geceyi de meydanda geçirebilirsiniz. Alkol, içinizi ısıtır."

"O kadar uzun boylu kalmayacağız. Gün doğmadan Zaragoza'da olmamız gerekiyor."

Garson tezgâhın başına döndü. Kadehlerimizi yeniden doldurduk. Bilbao'da hissettiğim hafiflik izlenimini bu kez de hissettim – Rioja şarabının verdiği tatlı sarhoşluk, zor şeyleri söylememize, duymamıza yardımcı oluyordu.

"Araba kullanmaktan yoruldun, bir de oturup içki içiyoruz," diye anımsattım, bir yudum daha içtikten sonra. "Burada kessek galiba iyi olacak. Yolda gelirken gözüme bir otel ilişmişti."

Başıyla beni onayladı.

"Önümüzde duran şu masaya bak," demekle yetindi. "Japonlar buna 'şibumi', yani, yalın şeylerin gerçek lüksü, diyor. İnsanlar para istifliyor, pahalı yerlere girip çıkıyor ve böylece zengin kişiler olduklarını düşünüyorlar."

Biraz daha şarap içtim.

Otel. Onun yanında geçireceğim bir gece daha.

Mucizevi biçimde geri gelen bakirelik.

"Bir papaz okulu öğrencisinin ağzından yalın lüksle ilgili sözler işitmek tuhaf oluyor," dedim, kendimi başka konuya yoğunlaştırmayı denemek için.

"Oysa, bu benim papaz okulunda öğrendiğim bir şey. İnancımızla Tanrı'ya yaklaştığımız ölçüde, Tanrı bizim gözümüzde yalınlaşıyor. Yalınlaştıkça da varlığı güçleniyor."

Elini hafifçe masanın üstünde gezdirdi.

"İsa'ya görevi, odun kesip iskemleler, yataklar, dolaplar yaparken bildirildi. O, dünya üzerine bir marangoz kılığında geldi ve her yolun bizi –neyle uğraşırsak uğraşalım, bunun bir önemi yok– Tanrı sevgisine ulaştırabileceğini gösterdi."

Birden konuşmayı kesti:

"Söylemek istediğim bu değil, başka bir sevgiden söz etmek istiyorum ben."

Yüzümü ellerinin içine aldı.

Şarap, düşündüklerini yapmasını kolaylaştırıyordu. Benim de.

"Neden birden duruverdin? Neden Tanrı'dan, Bakire Anamızdan, ruhani dünyadan söz etmek istemiyorsun?"

Suskunluğunu sürdürdü.

"Başka bir sevgiden söz etmek istiyorum ben. Bir erkekle bir kadının paylaştığı sevgiden, öteki sevgide olduğu gibi, içinde mucizelerin gerçekleştiği sevgiden."

Ellerini ellerimin içine aldım. Tanrıça'nın en büyük gizlerini bilebilirdi – ama aşk hakkında benden fazla bir şey bilmiyordu. Dünyayı o kadar gezmiş olmasına karşın. Ve bunun bedelini ödemesi gerekiyordu, yani harekete geçmesi. Çünkü kadın, en büyük bedeli ödüyordu: Kendini veriyordu.

Öylece uzun süre kaldık, ellerimiz ellerimizin içinde. Gerçek aşk, aşmamız gereken daha başka birçok engel gibi önümüzde yükseldiğinde içimizde uyanan o ilksel korkuları gözlerinden okuyordum. Dün geceki reddedişi, birbirimizden uzakta geçirdiğimiz uzun zamanı, böyle şeylerin olup bitmediği, kendine bir dünya aramakla geçirdiği manastır yıllarını gördüm o gözlerde.

Bu anı binlerce kez düşlediğini, çevremizdeki dekoru, saçlarımın biçimini, giysilerimin rengini düşündüğünü okuyordum gözlerinde. Evet, demek istiyordum, onu en iyi biçimde kabulleneceğimi, savaşı yüreğimin kazandığını söylemek istiyordum. Onu ne kadar çok sevdiğimi, şu anda onu ne kadar çok arzu ettiğimi söylemek istiyordum.

Ama suskunluğumu korudum. Kendi içinde sürdürdüğü savaşımı, bir rüyadaymış gibi izledim. Reddedilme korkusunun, beni yitirme korkusunun karşısına dikildiğini, benzeri durumlarda işittiği katı sözleri düşündüğünü –çünkü hepimiz böyle anlar yaşar, bu anların yara izlerini içimizde biriktiririz– görüyordum.

Gözleri parlamaya başladı. Bütün bu engelleri aşmakta olduğunu biliyordum.

O anda, elimin birini çektim. Bir bardak alarak masanın hemen kenarına koydum.

"Düşecek," dedi.

"Doğru. Ben de senin o bardağı düşürmeni istiyorum."

"Bardağı kırayım mı yani?"

"Evet, kır o bardağı. Görünüşte basit, ama hiçbir zaman anlayamayacağımız korkuları da içeren bir hareket. Sıradan bir bardağı kırmakta ne kötülük olabilir – bunu hepimiz en az bir iki kez yapmışızdır, değil mi?"

"Bardağı kırayım mı?" diye yineledi. "Neden peki?"

"Bazı nedenler sıralayabilirim. Ama aslında yalnızca kırmış olmak için."

"Senin yerine mi?"

"Tabii ki hayır."

Masanın kenarında duran bardağa bakıyordu – her an düşebileceğinden kaygılı.

"Senin de çok iyi bildiğin gibi bu bir geçiş anı," demek geçti içimden. "Yasak olan şey. İnsan, bile bile bardak kırmaz. Bir lokantada ya da kendi evimizde, bardakları masanın kenarına koymayız. Kafamızın içindeki dünya bizi, bir bardağı düşürüp kırmamak için dikkat etmeye zorlar.

Bu arada, kaza ile bir bardak kıracak olsak, bunun aslında hiç de önemli olmadığının farkına varırız, diye düşündüm. Garson, 'Önemli değil,' der; ayrıca, kırılan bir bardağın hesaba ilave edildiğini şimdiye kadar hiç görmedim. Bardak kırmak, yaşamımızın bir parçasıdır ve bunun için lokantada kendimizi hiç suçlamayız."

Elimin içiyle masaya vurdum. Bardak titredi, ama düşmedi.

"Dikkat!" dedi, içgüdüsel olarak.

"Kır şu bardağı," diye üsteledim.

"Kır şu bardağı," diye düşündüm içimden. "Çünkü simgesel bir hareket bu. Benim kendi içimde bardaktan çok daha önemli şeyleri kırdığımı, bunu yapmaktan da mutlu olduğumu anlamaya çalış. Kendi içinde yürüttüğün savaşımı düşün ve şu bardağı kır. Analarımız babalarımız bize bardaklara ve bedenlere özen göstermeyi öğrettiler. Çocukluk tutkularımızın olanaksız olanın alanına girdiğini, papazları yollarından döndürmemek gerektiğini, insanların mucize gerçekleştirmediklerini ve hiç kimsenin, nereye gittiğini bilmeden yola çıkmadığını öğrettiler. Bütün bunlara inat, kır şu bardağı, yalvarırım sana; ve bizi o lanetli önyargılardan, her şeyi açıklama, öte yandan yalnızca başkalarının onayladığı şeyleri yapma saplantısından kurtar."

"Kır şu bardağı," dedim bir kez daha.

Gözlerini gözlerime dikti. Sonra, elini masanın üstünde ağır ağır kaydırdı, bardağa dokundu. Ve hiç sakınmadan itip düşürdü.

Çıkan ses, herkesin dikkatini çekti. Özür dilemek yerine, bana gülümseyerek baktı – ben de ona gülümsedim.

"Önemli değil!" diye bağırdı, müşterilere hizmet eden garson.

Ama o buna kulak vermedi. Ayağa kalkmış, beni saçlarımdan yakalamış öpüyordu.

Ben de onu saçlarından tutup var gücümle göğsüme bastırdım; dudaklarını ısırdım, dilinin ağzımın içinde gezindiğini hissettim. Uzun süreden beri beklediğim, çocukluğumuzun ırmaklarının kıyılarında, aşkın henüz ne anlama geldiğini bilmediğimiz zamanlarda doğmuş bir öpüştü bu. Büyüdüğümüzde havada asılı kalmış, bir madalyonun anısıyla dünyayı dolaşmış, devlet memuriyetine girebilmek için okunması gereken ders kitaplarının oluşturduğu yığınların ardında kalmış bir öpüştü. Defalarca yitirilmiş, şimdi yeniden bulunmuş bir öpüş. Bu öpüşün süresi içinde, arayışla, düş kırıklıklarıyla, olanaksız düşlerle geçen yıllar vardı.

Bu öpüşe ben de aynı güçle karşılık verdim. Kahvede bulunan birkaç kişinin bize bakmış olmaları ve kuşkusuz yalnızca öpüştüğümüzü düşünmüş olmaları gerekir. Bu öpüşme anının, benim tüm yaşamımın, umut eden ve yolunu güneşin aydınlığında arayan birinin yaşamının özeti olduğunu bilmiyorlardı.

O öpüşme süresinin içinde, yaşadığım sevinç anlarının tümü vardı.

Beni soydu ve içime girdi. Gücünü, korkusunu, isteğini hissettim. Biraz canım yandı, ama önemli değildi. Tıpkı, şu anda aldığım zevkin önemli olmayışı gibi. Ellerimi başında gezdiriyordum, inlediğini duyuyordum ve burada, içimde olduğu için, bana ilk kez oluyormuşçasına zevk verdiği için Tanrı'ya şükürler ediyordum.

Gece boyunca seviştik; aşk, uykularla, rüyalarla karışıyordu. Onu kendi bedenimin içinde hissediyor ve bunun gerçek olduğundan emin olabilmek ve –şimdi otel haline getirilmiş bu şatoda vaktiyle yaşamış gezgin şövalyeler gibi– birden kaçıp gitmesini engellemek için kollarımın arasında sıkıyordum. Suskun taş duvarlar bana, beklemeye koyulmuş soylu kadınların öyküsünü, akıtılan gözyaşlarını, bir işaret ya da bir umut görebilmek için, gözlerini ufka dikip beklemekle geçirilen günleri anlatıyordu.

Ama ben, böyle bir yaşamı hiçbir zaman kabullenmeyecektim: Buna yemin ettim. Onu hiçbir zaman yitirmeyecektim. Her zaman benimle birlikte olacaktı – çünkü kilise sahının arkasındaki haça bakarken, Kutsal Ruh'un anlamadığım sözlerini işitmiştim ve bu sözler bana, hiçbir günah işlemediğimi söylemişti.

Onun eşi olacaktım. Yeniden yaratılması gereken bir dünyada birlikte yeni yollar açacaktık. Büyük Anamızdan söz edecektik; dört büyük melekten biri olan Mikâil gibi, öncülerin bunaltısını ve kendinden geçişini birlikte yaşayacaktık. O sözler bana bunları söylemişti; ve ben inancıma kavuşmuştum, o sözlerin doğru olduğunu biliyordum.

Perşembe, 9 Aralık 1993

Uyandığımda, kollarını göğsüme dolamıştı. Gün bütünüyle ağarmış, yandaki bir kilisenin çan sesleri duyuluyordu.

Beni öptü. Elleri, bedenimi yeniden okşadı.

"Gitmek gerek," dedi. "Tatil bugün bitiyor, yollar kalabalıktır herhalde."

"Zaragoza'ya dönmek istemiyorum. Sen nereye gidiyorsan, oraya gitmek istiyorum. Bankalar birazdan açılacak, kredi kartımı kullanıp kendime yeni giysiler almak istiyorum."

"Çok paran olmadığını söylemiştin bana."

"Çaresine bakarım. Geçmişimden bütünüyle kopmam gerekiyor. Zaragoza'ya dönecek olursam, aklımın başına gelmesinden, sınavlarımı düşünmekten ve iki ay daha ayrı kalmamızın normal olduğunu düşünmeye başlamaktan korkuyorum. Ve sınavı başarırsam, bir daha Zaragoza'dan ayrılamam. Hayır, oraya dönmek istemiyorum. Önceki ben ile aramdaki köprüleri atmak istiyorum."

"Barcelona," dedi, kendi kendiyle konuşur gibi.

"Nasıl?"

"Hiç. Yolumuza devam edeceğiz."

"Ama senin bir konuşma yapman gerekiyor."

"İki gün sonra," diye cevapladı; sesinin tonu bir tuhaftı. "Başka bir yere gidelim. Dosdoğru Barcelona'ya gitmek istemiyorum."

Kalktım. Sorun dinlemek istemiyordum – belki de herkesin ilk aşk gecesinden sonra uyandığı gibi uyanmıştım: belirli bir çekingenlik, belirli bir kaygı içinde.

Pencereye gittim, perdeleri araladım ve karşıdaki dar sokağa baktım. Balkonlarda, kurumakta olan çamaşırlar vardı. Uzakta, kiliselerin çanları çalıyordu.

"Aklıma bir şey geldi," dedim. "Çocukken birlikte gittiğimiz yerlerden birine gidelim. O zamandan bu yana oraya hiç gitmedim."

"Nereye?"

"Piedra Manastırı'na."

Otelden çıktığımızda, çanlar hâlâ çalıyordu, kısa bir süre için kiliseye girmemizi önerdi.

"Zaten başka bir şey yapmadık ki," dedim. "Kiliseler, dualar, dua törenleri."

"Seviştik de," diye karşılık verdi. "Üç kez sarhoş olduk. Dağda yürüyüş yaptık. Bu dünya ile öteki dünyayı dengeledik."

Saçma bir söz etmiştim. Yeni yaşamıma kendimi alıştırmam gerekiyordu.

"Bağışla beni."

"Kısa bir süre için girelim. Çanlar işarettir."

Bütünüyle haklıydı, ama bunun farkına ancak ertesi gün varacaktım. Bu gizli işareti gerçekten sezemeden arabaya atladık ve Piedra Manastırı'na kadar dört saat yol aldık.

Manastırın çatısı çökmüştü, hâlâ ayakta duran birkaç heykelin de kafaları kopmuştu – biri dışında.

Çevreme baktım. Vaktiyle burada, her bir taşın temiz olmasına özen gösteren, güçlü kişiliğe sahip insanlar yaşamış, her bir bankta da dönemin bilge kişileri oturmuş olmalıydı. Oysa şimdi yıkıntılardan başka bir şey göremiyordum. Çocukluğumuzda, içinde birlikte oynadığımız şatolara dönüştürdüğümüz, benim sevimli prensimi aradığım yıkıntılar.

Piedra Manastırı'nın keşişleri, yüzyıllar boyunca bu cennet köşesini kendilerine saklamıştı. Manastır bir çanağın dibinde kurulmuş olduğundan, komşu kasabaların arayıp da bulamadığı şeye, suya sahipti. Piedra Irmağı burada çağlayanlar, dereler, göller ve çevrede her şeyin yetiştiği zengin bir bitki örtüsü oluşturuyordu.

Bununla birlikte, bu kanyondan çıkmak için birkaç yüz metre ilerlemek yetiyordu. Çevre tümüyle çorak, verimsiz bir görünüm alıyordu. Irmak bile bu çöküntü alanını geçtikten sonra, gençliğinin tüm enerjisini burada bırakmış gibi, yeniden ince bir su akıntısına dönüşüyordu.

Keşişler bunu çok iyi biliyor, bu yüzden de bu suyu komşularına ucuza vermiyorlardı. Manastırın tarihi, din adamlarıyla köylüler arasında geçen sayısız çekişmelerle doluydu.

Sonunda, İspanya'yı sarsan içsavaşlardan biri yaşandığı sırada Piedra Manastırı berkitilmiş bir yere dönüştürüldü. Kilisenin orta boşluğunda atlar gidip geliyor, sıraların üstünde dinlenen askerler birbirlerine açık saçık öyküler anlatıyor, çevre köylerden kadınlarla sevişiyorlardı. Bunun öcü sonradan alındı – aslında, gecikmiş bir öc almaydı bu. Manastır yağmalandı ve yerle bir edildi.

Keşişler, bu cennete bir daha sahip olamadılar. Bu olaydan sonra, sahiplenme konusunda sürdürülen hukuk savaşlarından birinde, biri çıkıp çevre yerlerde oturanların, Tanrı'dan aldıkları bir buyruğu yerine getirdiklerini ileri sürdü. İsa şöyle demişti: "Susayanlara su veriniz." Oysa manastır babaları onun sözlerine kulaklarını tıkamışlardı. Tanrı, kendilerini bey yerine koyanları ve doğanın efendisi gibi davrananları bu yüzden cezalandırmıştı.

Belki de bu yüzden, manastırın büyük bir bölümü onarılıp otel haline getirildiği halde, kilise yıkıntı halinde kalmıştı. Çevrede yaşayan insanların çocukları, doğanın kendilerine cömertçe verdiği şeyi elde edebilmek için atalarının ne büyük bir bedel ödediğini hâlâ unutmamıştı.

"Başı kopmamış şu tek heykel kimin heykeli?" diye sordum.

"Avilalı Azize Teresa'nın. O kadın keramet sahibidir. Savaşların yol açtığı tüm öç alma isteklerine karşın, kimse ona dokunmaya cesaret edemedi."

Beni elimden tuttu ve dışarı çıktık. Manastırın bitip tükenmek bilmeyen koridorlarında dolaştık, geniş ahşap merdivenlerini tırmandık, avlu çevresindeki dehlizlerin oluşturduğu iç bahçelerde kelebeklerin uçuştuğunu gördük. Bu manastırın her ayrıntısını anımsıyordum – çünkü çocukken buraya sık sık gelmiştim ve eski anılar, yeni anılardan daha canlıymış gibi geliyor insana.

Anılar. Bu haftadan önceki aylar ve günler, sanki bir başka yaşama aitti. Bir daha hiç geri dönmek istemediğim bir dönemdi bu, çünkü o yaşamda geçirdiğim saatlere aşkın eli değmemişti. Yıllarca ve yıllarca art arda hep aynı günü yaşamış, hep aynı biçimde uyanmış, hep aynı sözleri yineleyip durmuş, hep aynı düşleri kurmuştum.

Annemle babamı anımsadım, onların anne ve babasını, birçok dostumu. Yürekten istemediğim bir şeyi elde etmek için uğraşıp didindiğim tüm o geçmiş zamanı anımsadım.

Neden yapmıştım bunu? Bir açıklama bulamıyordum. Belki kendime başka yollar bulmakta gösterdiğim tembellik yüzünden. Belki başkalarının hakkımda düşüneceği şeylerden korktuğumdan. Ya da başkalarından farklı olabilmek için insanın çok büyük acılara katlanması gerektiğinden. Ya da belki, insanoğlu bir önceki kuşağın ayak izlerini izlemeye yazgılı olduğundan, ta ki belirli sayıda insan başka türlü davranmaya başlayıncaya kadar – bu bana, başrahibin söylediklerini anımsattı. İşte o zaman dünya değişiyor, bizler de onunla birlikte değişiyorduk.

Ama ben, yaşamımı bu biçimde sürdürmek istemiyordum. Yazgım bana, bana ait olan şeyi vermişti, şimdiyse bana, kendi kendimi değiştirme olanağını sunuyor, dünyayı değiştirmeme yardımcı oluyordu.

Dağları, o dağlarda yaptığımız gezintilerde rastladığımız dağcıları yeniden düşündüm. Bunlar, karda kaybolduklarında fark edilmek için canlı renklerde giysiler giyen, doruklara çıkan yolları bilen gençlerdi.

Dağların dik yamaçlarında, kayalara önceden çakılmış alüminyum halkalar vardı: Tam güvenlikle tırmanabilmek için yapmaları gereken şey, iplerini bu halkalara geçirmekti yalnızca. Buralara hafta sonu macerası yaşamak için geliyor, pazartesi günü de doğaya kafa tutmuş –ve onu yenmiş– olma duygusuyla işlerinin başına dönüyorlardı.

Ne var ki gerçek hiç de öyle değildi. Asıl maceracılar, o doruklara çıkan yolları vaktiyle ilk kez keşfetmeye karar vermiş olanlardı. İçlerinden bazıları, yarı yola kadar bile tırmanamamış, uçurumlara düşmüşlerdi. Başkaları, parmakları donduğundan, sakat kalmışlardı. Birçoğu da kaybolmuş, bir daha hiç bulunamamıştı.

Ama günün birinde içlerinden biri o doruklara tırmanmayı başarmıştı. Onun gözleri, bu manzarayı hayranlıkla izleyen ilk insanın gözleriydi. Yüreği sevinçle dolmuştu. Tehlikeleri göze almıştı ve şimdi –bu başarısıyla–, öncekilerin başaramadığı bir şeyi başarmış ve böylelikle bu uğurda ölen herkesi onurlandırmış oluyordu.

Aşağıdakiler şöyle düşünmüş olabilir: "Yukarıda, manzaradan başka ilginç hiçbir şey yok. Bunca çaba niye?" Ne var ki o ilk dağcı, ilginç olan şeyi içinde hissediyordu: doğaya kafa tutmak ve ilerlemek. Yeni doğan günün önceki günlere benzemediğini ve her günün sabahının kendine özgü mucizeyi, kocamış dünyaların yıkılıp gittiği, yeni yıldızların doğduğu o *büyülü anı* içinde barındırdığını bilmek.

Bu dağların doruğuna ilk kez tırmanan kişi, aşağıya, bacaları tüten o küçücük evlere bakarken, kendi kendine aynı soruyu sormuş olmalıydı: "Oradaki insanlar için, yeni doğan her gün bir önceki günden farksız. Bunca çaba niye?"

Bundan böyle dağlar fethedilmiş, astronotlar Ay'ın üstünde yürümüş, yeryüzünde –küçücük de olsa– ayak basılmamış tek bir ada kalmamıştı. Ama geriye, insanların kafalarının içinde atılacakları büyük maceralar kalıyordu ve bana şimdi sunulan işte bunlardan biriydi. Bu bir kutsamaydı. Başrahip bunun böyle olduğunu hiç anlamıyordu. Böylesi acılar insana acı vermezdi.

İlk adımı atanlara ne mutlu! Gün gelecek, insanlar kendilerinde meleklerle konuşma yeteneği olduğunu, bu halimizle Kutsal Ruh'un yeteneklerine sahip olduğumuzu ve mucizeler gerçekleştirebileceğimizi, benzerlerimizi iyileştirebileceğimizi, peygamberce sözler edebileceğimizi, başkalarını anlayabileceğimizi anlayacaklardı.

Öğleden sonrayı kanyonda dolaşmakla, birbirimize çocukluğumuzu anımsatmakla geçirdik. İlk kez böyle davranıyordu: Bilbao'ya yaptığımız yolculuk sırasında, Soria ile artık hiç ilgilenmiyormuş gibi görünmüştü. Şimdiyse tersine, ortak dostlarımız hakkında bana en ince ayrıntıları soruyor, onların mutlu olduklarını duymak, nasıl yaşadıklarını öğrenmek istiyordu.

Sonunda Piedra Irmağı'nın, birçok küçük derenin sularını birleştirip otuz metre kadar yükseklikten aşağı düşüren en büyük çağlayanına vardık. Çağlayanın kıyısında durduk ve suyun kulakları sağır eden gürültüsünü dinleyip büyük çağlayanların düşerken su zerreciklerinden oluşan bulutun içinde ortaya çıkan gökkuşağını hayranlıkla izledik.

"At Kuyruğu," deyiverdim ve uzun yıllar önce duyduğum bu sözcükleri o anda anımsamış olmama şaşırdım.

"Anımsıyorum..." diye söze başladı.

"Evet! Ne söyleyeceğini biliyorum!"

Tabii ki biliyordum! Çağlayan, büyük bir mağarayı gizliyordu. Çocukken, Piedra Manastırı'na ilk ziyaretimizi yapıp geri döndüğümüzde, bu yerden bir daha günlerce söz etmemiştik.

"Mağara," diye tamamladı. "Oraya kadar gidelim!"

Akan suyun altından geçmek olanaksızdı. Keşişler

vaktiyle, çağlayanın en üst noktasından başlayıp mağaranın tabanına kadar inen bir tünel açmışlardı. Girişini bulmak bizim için zor olmadı. Yazın, bu tünel belki de lambalarla aydınlatılıyordu; ama bu mevsimde buralarda bizden başka kimse yoktu ve tünel tam bir karanlığa gömülmüştü.

"Yine de giriyor muyuz?" diye sordum.

"Tabii ki giriyoruz. Güven bana."

Çağlayan tarafındaki çukurdan aşağı inmeye başladık. Çevremizi hiç seçemiyor, ama nereye gittiğimizi biliyorduk – ve o benden, kendisine güvenmemi istemişti.

"Şükürler olsun, Tanrım," diyordum kendi kendime, kayaların içinde giderek daha aşağılara inerken. "Çünkü yolunu yitirmiş bir kuzuydum ben ve Sen bana yolumu gösterdin. Çünkü yaşamım ölü bir yaşamdı ve Sen ona yeniden can verdin. Çünkü yüreğim sevgisiz kalmıştı ve Sen bana o sevgiyi yeniden bağışladın."

Onun omzuna tutunuyordum. Sevdiğim insan, bu karanlık yolda atacağım adımları gösteriyordu bana; aydınlığa yeniden kavuşacağımızı, onu yeniden gördüğümüzde içimizin sevinçle dolacağını biliyordu. Bizi bekleyen gelecekte bunun tersini yaşayacağımız anlar olacaktı belki; o zaman ona, aynı aşkla, aynı güvenle, birlikte güven içinde soluk alacağımız bir yere varıncaya kadar yol gösteren ben olacaktım.

Ağır ağır ilerliyorduk, bu inişin sonu hiç gelmeyecekti sanki. Hiçbir ışığın parlamadığı yaşamımda bir dönemin sonunu belirleyen yeni bir dönüm noktası mıydı bu? Bu tünelde ilerledikçe, artık hiçbir şeyin yeşermediği o topraklara kök salabilmek için hep aynı yerde yitirdiğim bütün zamanı düşünüyordum.

Ama Tanrı iyiydi ve unuttuğum heyecanı, özlediğim maceraları, yaşamım boyunca –farkına varmaksızın– bekleyip durduğum erkeği bana yeniden bağışlamıştı. Manastırı bırakmasına neden olduğum için en küçük bir pişmanlık duymuyordum; çünkü, pederin de söylediği gibi, Tanrı'ya hizmet etmenin çok çeşitli yolları vardı ve bizim aşkımız bu yolları daha da çoğaltacaktı. Bundan böyle ona hizmet etme, insanlara yardım etme şansı tanınmıştı bana ve bu onun sayesinde gerçekleşmişti.

Dünyayı dolaşacaktık. O, başkalarına teselli verecekti, ben de ona.

"Sana şükürler olsun Tanrım, ona hizmet etmemi sağladığın için şükürler olsun sana. Bu görevi onurumla yerine getirebilmemi sağla. Onun misyonunun bir parçası olabilmem, onun yanında yürüyebilmem, ruhani yaşamıma yeni bir atılım sağlayabilmem için güç ver bana. Gelecekteki bütün günlerimiz, yaşadığımız şu günler gibi olsun – bir yerden bir yere hastaları iyileştirmek, dertlilerin derdine derman olmak, insanlara, Büyük Anamızın hepimize beslediği sevgiyi anlatmak için koşup duralım."

Birden, suyun sesini yeniden işittik, ışık yolumuzu aydınlattı ve tünel, dünyanın en güzel manzaralarından birine dönüştü. Çok çok büyük, bir katedral kadar geniş bir mağaranın içinde bulunuyorduk. Bu mağaranın üç duvarını kayalar oluşturuyordu, dördüncü duvarıysa At Kuyruğu'ydu, yani ayaklarımızın dibinde uzanan zümrüt yeşili göle dökülen sular.

Batan güneşin ışıkları, çağlayan sularının arasından geçip mağaranın ıslak duvarlarını aydınlatıyordu.

Sırtımızı kayaya dayayıp hiçbir şey söylemeden öylece durduk.

Vaktiyle, yani çocukluğumuzda burası, düşlerimizde tasarladığımız hazineleri korsanların gizledikleri saklanma yeriydi. Şimdiyse, Toprak Anamızın bir mucizesiydi. Kendimi onun karnında hissediyor, onun varlığını seziyordum: Kaya duvarlar bizi koruyor, sudan oluşan duvara gelince, o da bizi günahlarımızdan arındırıyordu.

"Şükürler olsun," dedim, yüksek sesle.

"Kime şükrediyorsun?"

"Ona. İnancımı yeniden kazanmama aracı olan sana da."

Yeraltı gölünün kıyısına yaklaştı. Sularına baktı ve gülümsedi.

"Gel buraya," dedi bana.

Yaklaştım.
"Sana henüz bilmediğin bir şeyi anlatmam gerekiyor."
Sözleri, içimde belirli bir kaygı uyandırdı. Ama bakışları dingindi, rahatladım.
"Her birimiz bir yeteneğe sahibiz. Bu yetenek kimi insanlarda kendini hemen belli eder; başkalarına gelince, sahip oldukları yeteneği bulmaları için çaba harcamaları gerekir. İşte ben, manastırda geçirdiğim dört yıl boyunca bunu yaptım."
O yaşlı adam bizi kiliseye sokmak istemediği zaman bana söylediği sözleri yineleyecek olursam, şimdi de benim ona "bir karşılık vermem" gerekiyordu, hiçbir şey bilmiyormuş gibi davranmalıydım.
"Hayır. Böyle olması iyi," dedim kendi kendime. "Bu bir yoksunluk yolu değil, mutluluğa giden bir yol."
"Manastıra girenler neler yapıyor?" diye sordum, rolümü daha iyi oynayabilmek ve zaman kazanmak amacıyla.
"Sorun neler yaptığımda değil. Ben orada içimde var olan bir yeteneği geliştirdim. İnsanları iyileştirebilirim, Tanrı'nın iradesi böyle buyuruyorsa tabii."
"Ne harika bir yetenek!" dedim, şaşırmış gibi görünmeye çaba göstererek. "Doktora para vermeyeceğiz."
Gülmedi. O anda kendimi çok ahmak hissettim.
"Yeteneklerimi, senin de desteğinle, çarpıcı uygulamalarla geliştirdim. Başlangıçta, bu işe ben de şaşırdım; Kutsal Ruh'un varlığını belli etmesini diliyor, ellerimi hastaların üzerine koyuyor ve onları iyileştiriyordum. Ünüm çevreye yayılmaya başladı; insanlar, kendilerine bir yardımım dokunur umuduyla manastırın kapısında kuyruk oluyorlardı. Mikrop kapmış, kötü kokan her yarada, İsa'nın yaralarını görüyordum."
"Seninle gurur duyuyorum."
"Manastırda birçok kişi buna karşı çıkıyordu; ne var ki başrahip beni bütünüyle destekledi."
"Biz bu işi sürdüreceğiz. Birlikte dünyayı dolaşacağız. Ben yaraları temizleyeceğim, sen de onları kutsayacaksın

ve Tanrı, mucizelerini gösterecek."

Gözlerini benden çevirdi ve göle dikti. Bu mağaranın içinde o anda kutsal bir varlık vardı sanki – Saint-Savin'deki kuyu taşının üstünde kendimizden geçtiğimiz o akşam varlığını hissettiğimiz varlık gibi.

"Bunu sana daha önce anlattım, ama bir kez daha anlatacağım. Bir gece, uykumdan uyandım; odamın içi ışığa boğulmuştu. Büyük Anamızın yüzünü gördüm, onun sevgi dolu bakışlarını. O günden başlayarak onu zaman zaman gördüm. Bu, benim isteğime göre gerçekleşmiyordu, ama bana zaman zaman görünüyordu.

"O sıralarda, Kilise'nin gerçek devrimcilerinin gerçekleştirmekte oldukları çalışmadan haberim vardı. Benim dünya üzerindeki misyonumun, insanları iyileştirmenin dışında, Kadın Tanrı'nın yeniden kabul edilmesi için yolu açmak olduğunun bilincindeydim. Kadın ilkesi, bağışlama sütunu yeniden ayağa dikilecekti – ve bilgelik tapınağı insanların yüreğinde yeniden kurulmuş olacaktı."

Ona bakıyordum. O ana kadar gergin olan yüzü, yeniden yumuşamıştı.

"Bunun bir bedeli vardı ve ben bu bedeli ödemeye hazırdım."

Sustu, öyküsünü nasıl sürdüreceğini bilemiyordu.

"'Ödemeye hazırdım,' demekle ne anlatmak istiyorsun?" diye sordum.

"Tanrıça'ya giden yolu, sözler ve mucizeler kolaylıkla açabilirdi. Ne var ki işler böyle yürümüyor. Bu iş daha zor gerçekleşecek: gözyaşları, anlayışsızlık, acı."

"Peder," diye düşündüm, "onun yüreğine korku salmaya çalışmış. Ama ben onu teselli edeceğim."

"Bu yol, acıların yolu değil," dedim. "Hizmet etmenin onurlu yolu."

"İnsanların çoğu sevgiye hâlâ inanmıyor."

Bana bir şey demek istiyor ama bir türlü söyleyemiyordu, bunun farkına vardım. Belki de ona yardımcı olabilirdim. Sözünü kestim:

"Ben de bunu düşünüyordum. Pireneler'in en yüksek

doruğuna tırmanan ilk kişi kendi kendine, içinde macera olmayan bir yaşamın, Tanrı bağışından yoksun bir yaşam olduğunu söylemişti."

"Peki, sen Tanrı bağışının ne olduğunu biliyor musun?" diye sordu ve yeniden gerildiğini fark ettim.

"Büyük Anamızın vasıflarından biri de Bağışlayan Ana'dır – onun cömert elleri, almasını bilen herkese kutsamasını bağışlar. Başkalarının yaşamını hiçbir zaman yargılayamayız, çünkü insan çektiği acıyı, nelerden vazgeçtiğini yalnız kendisi bilir. Bu, insanın iyi yolda olduğunu ve bu yolun tek yol olduğunu düşünmesidir. İsa şöyle dedi: 'Babamın evinde, barınacak çok yer var.' Yetenek, Tanrı bağışıdır. Ama onurlu, kendi geleceğine, çalışmaya sevgiyle bağlı bir yaşam sürmekte de Tanrı bağışı vardır. Meryem'in yeryüzünde, kendi köşesinde çalışmanın değerini göstermeye çalışan bir kocası vardı. Karısına ve oğluna barınacakları bir yuva ve karınlarını doyuracak nimetleri sağladı ve yeryüzünde yaptıkları her şeyi gerçekleştirmelerini kolaylaştırdı. Onun yaptığı da, kendisine neredeyse hiç değer verilmemesine karşın, karısıyla oğlunun yaptıkları kadar değerlidir."

Bir şey söylemedim. Elimi tuttu.

"Hoşgörüsüzlüğümü bağışla."

Elini öpüp yüzüme koydum.

"İşte sana bunu anlatmak istiyordum," dedi, yeniden gülümseyerek. "Seni yeniden bulduğum andan başlayarak, üstlendiğim misyon yüzünden sana acı çektirmeye hakkım olmadığını söylemek istiyordum."

Kaygı duymaya başladım.

"Dün, sana yalan söyledim. Bu, sana söylediğim ilk ve son yalandır. Gerçeği söylemem gerekirse, manastıra gideceğime dağa çıktım ve Büyük Ana ile konuştum. Ona, eğer öyle buyuruyorsa, senden uzaklaşıp yoluma devam edebileceğimi söyledim. Kapıma yığılan hastalarla, gece yarıları kalkıp birilerine gitmelerle, inancı yadsımak isteyenlerin anlayışsızlığıyla, sevginin her şeyi kurtardığına inanmayanların ikiyüzlü bakışlarıyla yaşamayı sürdürebilirdim. O istiyorsa, yaşamda en çok değer verdiğim şeyden, yani senden vazgeçebilirdim."

Başrahibi bir kez daha düşündüm. Haklıydı: O sabah, bir seçim yapıyordu.

"Bununla birlikte," diye sürdürdü, "bana sunulan bu kutsal çanaktan uzaklaşmayı başarabilirsem, bu dünyaya sana olan aşkımla hizmet etmeyi vaat ediyordum."

"Neler söylüyorsun?" diye sordum, korkuyla.

Beni duymamış gibiydi.

"İnsanın, inancını kanıtlaması için ille de dağları yerinden oynatması gerekmez. Acıya tek başıma katlanmaya, onu kimseyle paylaşmamaya hazırdım. Yürümeye başladığım yolda ilerlemeyi sürdürürsem, beyaz perdeli bir evimiz, dağ manzaramız hiçbir zaman olmayacaktı."

"O evin artık sözünü duymak istemiyorum! O eve adımımı atmak bile istemedim!" dedim, bağırmamak için kendimi tutmaya çalışarak. "Benim istediğim, seninle birlikte olmak, verdiğin savaşta senin yanında olmak, bu yola herkesten önce baş koyanlardan biri olmak. Anlamıyor musun bunu? Beni inanca yeniden döndüren sensin!"

Güneş gökyüzünde yer değiştirmiş, şimdi mağaranın duvarlarına vuruyordu. Ne var ki tüm bu güzellik giderek anlamını yitiriyordu.

Tanrı, cehennemi cennetin içine sakladı.

"Dur," dedi; ve gözlerinden, onu anlamam için bana yalvardığını anladım. "Bu yolun tehlikelerinden haberin yok."

"Ama sen bu tehlikeye atılmaktan mutluydun!"

"Mutluyum. Ama bu *bana ait* bir tehlike."

Sözünü kesmek istedim. Beni dinlemiyordu.

"Böylece dün, Bakire Meryem'den bir mucize istedim: Benden, sahip olduğum bu yeteneği geri almasını istedim."

Kulaklarıma inanamıyordum.

"Biraz param var ve yıllarca yaptığım yolculukların bana kazandırdığı deneyim. Bir ev satın alırız, kendime bir iş bulurum ve Tanrı'ya, Aziz Yusuf'un yaptığı gibi, sı-

sıradan bir insanın alçakgönüllülüğü içinde hizmet ederim. İnancımı canlı tutmak için artık mucizelere gerek duymuyorum. Gerek duyduğum tek şey, sensin."

Dizlerimin bağının çözüldüğünü hissettim, bayılacak gibiydim.

"Bakire Meryem'den, bana bağışladığı yeteneği geri almasını dilediğim anda, bir ses bana şunları söyledi: 'Ellerini toprağın üstüne koy. Yetenek, bedeninden çıkacak ve Anamızın bağrına geri dönecektir.'"

Panik içindeydim.

"Bana sakın..."

"Evet. Kutsal Ruh'un bana buyurduğu şeyi yerine getirdim. Sis dağılmaya, güneş dağlarda parıldamaya başladı. Bakire Anamızın beni anladığını hissettim, çünkü o da benim gibi çok sevmişti."

"Ama o, sevdiği adamın peşinden gitti! Oğlunun izinden gitmeyi kabul etti!"

"Bizde onun gücü yok, Pilar. Sahip olduğum yetenek, bir başkasına geçecek; hiçbir zaman yok olup gitmez.

"Dün oturduğumuz kahveden Barcelona'ya telefon edip yapacağım konuşmayı iptal ettim. Zaragoza'ya gidiyoruz: Orada senin çevren var, yaşamımıza orada başlayabiliriz. Kısa sürede bir iş bulurum kendime."

Artık hiçbir şey düşünemiyordum.

"Pilar!"

Ama ben dönüp tünele doğru yürümeye başlamıştım bile, bana elini uzatacak hiçbir dosta gerek duymaksızın – ve ölecek yığınla hasta, acı çeken aileler, gerçekleşmeyecek mucizeler, dünyayı artık güzelleştirmeyecek gülüşler, hep yerli yerinde duran dağlar geliyordu peşimden.

Hiçbir şey görmüyordum – çevremi saran, elle dokunulabilecek kadar yoğun karanlıktan başka.

Cuma, 10 Aralık 1993

Piedra Irmağı'nın kıyısında oturup ağladım. O gecenin anıları belirsiz ve karışık. Ölecek gibiydim, bunu biliyorum yalnızca; onun yüzü nasıldı, bunu anımsamıyorum; beni nereye götürüyordu, bunu da bilmiyorum. Anımsamak isterdim, onu da yüreğimden çıkarıp atabilmek için. Ama başaramıyorum. O karanlık tünelden çıkıp kendimi karanlık bir gecenin indiği bir dünyada bulduğum andan sonra olup biten her şey bir düş gibi geliyor bana.

Gökyüzünde hiç yıldız yoktu. Arabaya kadar yürüdüğümü, yanımda getirdiğim küçük torbayı aldığımı ve amaçsız dolaşmaya başladığımı hayal meyal anımsıyorum. Yola ulaşmış, Zaragoza'ya dönmek için otostop yapmayı denemiş –ve başaramamış– olmalıyım. Sonunda, manastırın bahçesine geri döndüm.

Suyun sesi her yandan geliyordu, çağlayanlar dört bir yanımdaydı ve beni gittiğim her yerde izleyen Büyük Ana'nın varlığını hissediyordum. Evet, insanları sevmişti o; Tanrı'nın sevdiği kadar sevmişti, çünkü insanların kurtulması için oğlunu kurban olarak sunmuştu. Ama bir kadının bir erkeğe duyduğu aşkı anlayabilir miydi?

O da aşkın acısına katlanmıştı kuşkusuz, ama bir başka aşktı onunki. Göklerdeki Kocası, tüm bilgilerin sahibiydi, mucizeler gerçekleştiriyordu. Yeryüzündeki kocası rüyalarında gördüklerine inanan, alçakgönüllü bir el emekçisiydi. Bir erkeği terk etmenin ya da bir erkek tarafından terk edilmenin ne demek olduğunu yaşamı boyunca bilmemişti. Yusuf onu, gebe olduğu için evden kovmak istediğinde, göklerdeki kocası, bunu engellemek için hemen bir melek göndermişti.

Oğlu onu bırakıp gitti, bu doğru. Ama oğullar, analarından babalarından her zaman ayrılırlar. Gelecek sevgisi, dünya sevgisi ya da oğul sevgisi yüzünden acı çekmek kolaydır. O acı, yaşamın bir parçasıdır, soylu ve yüce bir acıdır o. Bir dava ya da bir misyon uğruna acı çekmek kolaydır: bu, o acıyı çekenin yüreğine yücelik kazandırır.

Ama bir erkek uğruna acı çekmenin ne anlama geldiğini nasıl açıklamalı? Buna olanak yok. İnsan, işte o zaman cehennemi yaşar, çünkü o acıda soyluluk da, yücelik de yoktur – yıkım vardır, mutsuzluk vardır yalnızca.

O gece, buz gibi toprağa uzandım ve soğuk kısa sürede beni hissizleştirdi. Bir an, üzerime örtecek bir şey bulamazsam ölebileceğimi düşündüm – peki, sonra ne olacaktı? Yaşamımda var olan en değerli şeyler, şu bir haftalık zaman süresi içinde bana bağışlanmıştı – ve sonra, bir dakikada, tek bir söz etmeye fırsat bulamadan elimden alınmıştı.

Bedenim titremeye başladı, ama umurumda değildi. Kendini yeniden ısıtmak için tüm enerjisini harcadığında, titremesi kesilecekti. Her zamanki dinginliğini yeniden kazanacak ve ölüm beni kollarına alacaktı.

Bir saati aşkın bir süre titreyip durdum. Sonra duruldum.

Gözlerimi kapamadan önce, annemin sesini duydum. Bana küçüklüğümde anlattığı bir masalı anlatıyordu, ama ben o zaman, o masalın benim masalım olacağını düşünemiyordum.

"Bir delikanlıyla bir genç kız birbirlerine çılgıncasına âşık olmuşlardı," diyordu annemin sesi, ben rüya ile kendimden geçme arasında bocalarken. "Ve nişanlanmaya karar verdiler. Nişanlılar her zaman birbirlerine armağan sunarlar. Ama delikanlı yoksuldu – sahip olduğu tek zenginlik, ona dedesinden kalan saatti. Sevgilisinin güzel saçlarını düşünerek, ona çok güzel bir gümüş tarak alabilmek için, dedesinden kalan saati satmaya karar verdi.

"Genç kızın da sevdiği erkeğe nişanlılık armağanı alacak parası yoktu. O da, yaşadığı yerin en büyük tüccarına giderek saçlarını sattı. Eline geçen parayla da, sevdiği adamın saatine altın bir köstek satın aldı.

"Ve nişanlanacakları gün yeniden buluştuklarında, genç kız ona, sattığı saat için bir köstek armağan etti; delikanlıysa genç kıza, kestirdiği saçlarını taraması için gümüş bir tarak."

Bir adam beni sarsıyordu. Kendime geldim.

"İçin!" diyordu. "Hemen için!"

Ne olup bittiğini anlayamıyordum, direnecek durumda değildim. Ağzımı açtı ve boğazımı yakan bir sıvıyı içmeye zorladı beni. Üstünde yalnızca gömlek olduğunu fark ettim: Üzerindekileri, beni örtmek için çıkarmıştı.

"Daha için!" diye üsteliyordu.

Ne olup bittiğini anlayamıyordum; yine de söyleneni yaptım. Sonra da gözlerimi yeniden yumdum.

Gözlerimi açtığımda manastırdaydım. Bir kadın beni inceliyordu.

"Neredeyse ölecektiniz," dedi. "Manastırın bekçisi olmasaydı, şimdi burada olmayacaktınız."

Sendeleyerek kalktım. Bir gün önce olup bitenlerin bir bölümünü anımsadım ve o adamın o sırada orada olup beni kurtarmasına hayıflandım. Ama şimdi o ölüm anı geçip gitmişti. Yaşamımı sürdürecektim.

Kadın, beni mutfağa götürüp kahve, bisküvi ve reçel verdi. Soru sormadı bana, ben de ona hiçbir şey anlatmadım. Yemeğimi bitirdiğimde, çantamı verdi.

"Eksik bir şeyiniz var mı, bir bakın."

Her şeyim tamamdı tabii. Çantamın içinde zaten bir şey yoktu ki.

"Önünüzde bir yaşam var, kızım. Uzun bir yaşam. Bundan böyle o yaşama daha çok özen gösterin."

"Buradan az uzakta bir köy kilisesi var," dedim, gözyaşlarımı tutarak. "Dün o kiliseye biriyle birlikte..."

Nasıl açıklayacağımı bilemiyordum.

"...bir çocukluk arkadaşımla birlikte girmiştim. Kiliselere girip çıkmaktan bıkmıştım, ama çanlar çalıyordu ve o, bunun bir işaret olduğunu, kiliseye mutlaka girmemiz gerektiğini söyledi."

Kadın, fincanımı doldurdu, kendine de biraz kahve

koydu ve öykümü dinlemek için karşıma oturdu.

"O kiliseye girdik. İçerde kimse yoktu, her taraf loştu. Bir işaret aramaya çalıştım. Ama her yanda hep aynı sunakları, aynı azizleri görüyordum. Birden, yapının üst bölümünde, orgun bulunduğu yerde bir hareket olduğunu fark ettik. Yukarıda, ellerinde gitarlarıyla bir grup genç vardı, aletlerini akort etmeye başladılar. Yola yeniden koyulmadan önce, biraz müzik dinlemeye karar verdik. Biraz sonra, içeri bir adam girdi, gelip yanımıza oturdu. Neşeliydi, gençlere bağırıp bir pasodoble[1] çalmalarını istedi."

"Boğa güreşlerinde çalınan müzik!" diye bağırdı kadın. "Umarım, onun söylediğini yapmamışlardır."

"Hayır. Güldüler ve bir flamenko çaldılar. Dostum ve ben, göklerin ayaklarımıza indiği izlenimine kapılmıştık; kilise, bizi çağıran loşluk, gitarların sesi ve yanımıza oturmuş olan adamın neşesi, bütün bunlar bir mucizeydi. Kilise, giderek doldu. Gençler, flamenko çalmayı sürdürüyorlardı, içeri giren insanlar da kendilerini müziğin havasına bırakıyorlardı. Dostum, biraz sonra başlayacak ayine kalmak isteyip istemediğimi sordu. İstemediğimi söyledim: Kat edecek uzun bir yolumuz vardı. Çıkmaya karar verdik – ama daha önce, bu görkemli anı bize yaşattığı için Tanrı'ya şükrettik. Kapıya geldiğimizde, çok sayıda insanın –gerçekten çok büyük sayıda, belki de köyün tamamı– kiliseye doğru gelmekte olduğunu hemen fark ettik. Bu köy, İspanya'nın en koyu Katolik köyü herhalde, diye düşündüm. Belki de bu, buradaki ayinlerin çok canlı olmasından ileri geliyordu. Arabaya bineceğimiz sırada, bir kortejin bize doğru gelmekte olduğunu gördük. İnsanlar bir tabut taşıyorlardı. Herhalde bir cenaze vardı. Kortej, kilisenin önüne gelir gelmez, müzikçiler flamenko çalmayı keserek, ölü ruhların erince kavuşması için yazılmış bir dinsel tören müziği çalmaya başladı."

1. (İsp.) Bir İspanyol dansı. (Y.N.)

"Tanrı, ruhunu bağışlasın," dedi kadın, haç çıkararak.

"Onu bağışlayacak mı acaba?" dedim ben de, haç çıkararak. "Ama o kiliseye girmiş olmamızın mutlaka bir anlamı vardı: Öykülerin sonunun her zaman hüzünlü bittiğini anlatmak istiyordu bize."

Kadın, bana baktı ve hiçbir şey söylemedi. Sonra dışarı çıktı, kısa bir süre sonra da elinde kâğıtlarla ve bir kalemle geri döndü.

"Benimle gelin."

Birlikte dışarı çıktık. Gün ağarıyordu.

"Derin soluk alın," dedi bana. "Gelmekte olan bu yeni sabahın ciğerlerinize girmesine, damarlarınızda dolaşmasına izin verin. Öyle görünüyor ki, dün kaybolmanız bir rastlantı değil."

Cevap vermedim. Konuşmasını sürdürdü.

"Ayrıca, bana anlattığınız öyküyü de, bu öykünün anlamını da kavramamışsınız. Son bölümdeki hüzünlü sahneyi görmüşsünüz yalnızca, bu arada kilisede geçirdiğiniz sevinçli anları unutmuşsunuz. Göklerin ayaklarınızın dibine indiği izlenimini aldığınızı da unutmuşsunuz ve..."

Durakladı ve gülümsedi "...bu izlenimi çocukluk arkadaşınızla birlikte aldığınızı da," diye bitirdi, suç ortağımmış gibi gülümseyerek. "İsa şöyle demişti: '*Bırakın ölüleri ölüler gömsün.*' Çünkü O, ölümün var olmadığını biliyordu. Yaşam, biz doğmadan önce vardı, biz bu dünyadan ayrıldıktan sonra da var olmayı sürdürecek."

Gözlerime yaş doldu.

"Aşk için de aynı şey söz konusu," diye sürdürdü. "Bizden önce vardı, sonsuza kadar da var olmayı sürdürecek."

"Sanki benim yaşamımı biliyorsunuz."

"Tüm aşk öykülerinin birçok ortak yanı vardır. Böyle anları ben de yaşadım. Ama artık anımsamıyorum. Anımsadığım tek şey, aşkın, bir başka erkeğin kılığında, yeni umutların, yeni düşlerin kılığında bana yeniden döndüğü."

Kâğıtları ve kalemi bana uzattı.

"Yüreğinizde ne varsa yazın. Bütün bunları ruhunuzdan çıkarıp önünüzdeki kâğıtlara dökün, sonra da ırmağa atın. Efsaneye göre, Piedra Irmağı'nın suları o kadar soğukmuş ki, bu sulara düşen her şey –kâğıtlar, böcekler, kuştüyleri– taşa dönüşürmüş. Acınızı bu sulara bırakmak, belki de size iyi gelir, kim bilir?"

Kâğıtları aldım. Beni öptü ve istersem öğle yemeği için yeniden uğrayabileceğimi söyledi.

"Unutmayın," diye bağırdı, ben uzaklaşırken, "aşk kalıcıdır, değişen yalnızca insanlardır!"

Güldüm, o da bana eliyle bir işaret yaptı.

Uzun süre ırmağa baktım. Ağladım, gözpınarlarım kuruyuncaya kadar ağladım.

Sonra da yazmaya başladım.

Sondeyiş

Gün boyunca yazdım, sonra ertesi gün, daha sonraki gün durmadan yazdım. Her sabah, Piedra Irmağı'nın kıyısına gidiyordum. Akşam olduğunda, kadın yanıma geliyor, kolumdan tutup eski manastırdaki odasına götürüyordu beni. Çamaşırımı yıkıyor, akşam yemeğini hazırlıyor, benimle önemsiz şeylerden söz ediyor, daha sonra, yatağıma yatırıyordu.

Bir sabah, yazdıklarımı artık neredeyse bitiriyordum ki bir araba sesi duydum. Yüreğim göğsümden fırlayacakmış gibi oldu, ama aklıma gelene inanmak istemiyordum. Şimdi kendimi kuşlar kadar özgür, insanların arasına dönmeye, o dünyanın yeniden bir parçası olmaya hazır hissediyordum. En katlanılmaz dönemi atlatmıştım – içimdeki hasret duygusu beni hüzünlendirse de. Ne var ki yüreğim haklı çıkmıştı. Gözlerimi yazımdan kaldırmaya gerek duymadan, onun varlığını hissettim, adımlarının sesini duydum.

"Pilar," dedi, yanıma otururken.

Cevap vermedim. Yazmayı sürdürdüm, düşüncelerimi düzene sokmayı başaramıyordum. Yüreğim küt küt atıyor, ona doğru atılmak için göğsümü parçalayıp fırlayacakmış gibi oluyordu. Ama buna izin vermiyordum.

Orada oturup ben yazmayı sürdürürken ırmağa baktı.

Böylece, öğleye kadar birbirimizle hiç konuşmadan öylece kaldık; ve ben, kuyunun başında birden onu sevdiğimi anladığım o akşam, yan yana nasıl sessizce durduğumuzu anımsadım.

Yazmaktan yorulan elimin ağrısına artık dayanamaz hale geldiğimde, kısa bir ara verdim. Bunun üzerine konuşmaya başladı:

"Mağaradan çıktığımda karanlık olmuştu, seni aradım ama bulamadım. Zaragoza'ya gittim. Sonra, Soria'ya kadar gittim. Seni bulmak için bütün dünyayı dolaşabilirdim. Sana ait bir iz bulabilmek umuduyla Piedra Manastırı'na geri dönmeye karar verdim, orada bir kadına rastladım. Nerede olduğunu bana o söyledi. Ve bana, günlerdir bıkmadan beni beklediğini söyledi."

Gözlerim yaşla doldu.

"Sen bu ırmağın kıyısında kaldığın sürece, ben de senin yanında oturacağım. Uyumaya gittiğinde, kapının önünde uyuyacağım. Uzaklara gidecek olursan, peşinden geleceğim. Ta ki bana 'Defol!' deyinceye kadar. O zaman çekip gideceğim. Ama yaşamımın sonuna kadar seni seveceğim."

Gözyaşlarımı artık gizleyemiyordum. Onun da ağladığını gördüm.

"Bir şeyi bilmeni istiyorum ki..." diye söze başladı.

"Bir şey söyleme. Oku."

Ve ona dizlerimin üstünde duran kâğıtları uzattım.

Öğleden sonrayı, Piedra Irmağı'nın sularına bakarak geçirdim. Kadın, bize sandviçle şarap getirdi, şundan bundan söz etti, daha sonra bizi yalnız bıraktı. Birkaç kez okumayı kesti, kafasının içi düşüncelerle yüklü, gözlerini ufka dikti.

Bir ara, ormanda biraz yürümek istedim, küçük çağlayanlar boyunca yürüdüm, tarih yüklü yamaçlarda dolaştım. Güneş alçalmaya başladığında, onu bıraktığım yere geri döndüm.

"Teşekkür ederim," dedi önce, kâğıtları bana uzatırken. "Ve bağışla beni."

Piedra Irmağı'nın kıyısında oturdum ve gülümsedim.

"Senin aşkın beni kurtarıyor, düşlerimi geri veriyor bana," diye sürdürdü.

Sesimi çıkarmadım, kımıldamadım.

"137. mezmuru anımsıyor musun?" diye sordu bana.

Başımla "hayır" dedim. Konuşmaktan korkuyordum.

"Babil ırmakları kenarında..."

"Evet, evet, biliyorum," dedim bu başlangıçtan sonra, yavaş yavaş yaşama geri döndüğümü hissederek. "Sılayı anlatır. Yüreklerinden gelen ezgiyi dışa vuramadıkları için, sazlarını ağaçlara asan insanları anlatır."

"Ama düşündeki ülkenin hasretiyle ağladıktan sonra, mezmuru söyleyen kişi kendi kendine söz verir."

"Eğer seni unutursam, ey Yeruşalim,
Sağ elim hünerini unutsun.
Eğer seni anmazsam,
Eğer Yeruşalimi baş sevincimden
üstün tutmazsam,
Dilim damağıma yapışsın."

Yeniden gülümsedim.

"Unutmaya başlamıştım. Sen belleğimi tazeledin."

"Yeteneğine yeniden kavuşacağını düşünüyor musun?" diye sordum.

"Bunu bilmiyorum. Ne var ki Tanrı'nın bana ikinci bir şans bağışladığını biliyorum. Bu şansı bana, seninle birlikte olduğum şu anda bağışlıyor. Ve yolumu bulmama yardım edecek bana."

Bir kez daha sözünü kestim.

"*Bizim* yolumuzu."

Beni ellerimden tutup ayağa kaldırdı.

"Git eşyalarını topla. Düşler boş oturtmaz insanı."